当代中国文学书库

山河岁月礼赞
边际诗词六百首

边 际 ◎ 著

中国文联出版社

图书在版编目（CIP）数据

山河岁月礼赞：边际诗词六百首 / 边际著 . -- 北
京：中国文联出版社，2023.5
ISBN 978 - 7 - 5190 - 5170 - 9

Ⅰ.①山… Ⅱ.①边… Ⅲ.①古体诗—诗集—中国—
当代 Ⅳ.①I227.7

中国国家版本馆 CIP 数据核字（2023）第 087351 号

著　　者　边　际
责任编辑　周　欣
责任校对　贾　丹
装帧设计　中联华文

出版发行　中国文联出版社有限公司
地　　址　北京市朝阳区农展馆南里 10 号　　　　邮编　100125
电　　话　010 - 85923025（发行部）　　　　　010 - 85923091（总编室）
经　　销　全国新华书店等
印　　刷　三河市华东印刷有限公司

开　　本　710 毫米×1000 毫米　　　1/16
印　　张　13.5
字　　数　167 千字
版　　次　2024 年 1 月第 1 版第 1 次印刷
定　　价　75.00 元

序 言

　　本人 1960 年生于甘肃景泰，1979 年考入西北政法学院法律系法律专业学习，1983 年在黑龙江省大兴安岭中级人民法院参加工作，1985 年调入甘肃政法学院，2003 年通过浙江省绿色通道重新建档，调入浙江财经大学工作。在多年的学习生活过程中对中国古典诗词产生了浓厚的兴趣，并从 20 世纪 70 年代开始诗歌创作，至今已四十多年。试用诗歌这种形式，记述生活事件，抒发思想感情，描绘大好河山，抒写人文历史，礼赞时代变革，在本人看来是一种美好的生活选择与享受。随着学习的深入，随着对中国古典文学的熟悉与热爱，逐渐将爱好、兴趣转移到对古典诗词的学习方面，其创作也主要定位于古典诗词。本诗集所选的 600 多首诗词，便是作者在我国社会生活特别是改革开放以来所思所想的长期积累。

　　别去故园身不返，一腔热血荐轩辕。正如余秋雨先生所说的"任何一个真实的文明人都会自觉地在心理上过着多种年龄相重叠的生活，没有这种重叠，生命就会失去弹性，很容易风干和脆折。"其实，以唐诗宋词为代表的中国古典诗词，就是千万生命个体这种重叠生活体验的结晶，它打破年龄、性别、族群甚至时空的限制，由内心流淌而出，滋润人的心灵，给世人带来美好的精神享受。本诗集所追求的正是这种真善美，所鞭笞的正是我们社会生活中的假、恶、丑。它主要表现为以下三种形式：一是古体诗，作者早期所创作的主要为古体诗，中后期比较少，在创作中按古体诗的要求进行写作，分七言、五言两种形式。二是杂言诗，这部分所占比重较小，主要是把一些不按照词牌、平仄等要求的词句归入杂言诗。严格来讲，这部分词句的写作属于本人的自由发挥，无章可循，介于现代与古典之间，不同于任何形式的诗词创作。三是近体诗，这部分所占比重比较大，是本集的主要组成部分。近体诗的创作是严格按《平水韵》所要求的押韵、平仄、对仗等格律进行的写作，分七律、七绝，五律、五绝四种形式。古典诗词的创作是人与自然、人与人，个体与社会、今人与古人的心灵感应或对话。

作为独立的生命个体，只是这个社会或历史长河中的一滴水、一节音符，他的存在、理想、追求，完全是对自身所处时代真实处境的内省、反思与探讨，诗词创作也不例外。从我个人的创作经历，我深深体会到，如果没有对中国古典诗词发自内心的魂牵梦绕的热爱、执着与追求，如果没有对我国丰富多彩的现实社会生活的高度关注与独立思考，如果没有亲眼目睹、领略一个伟大民族、伟大政党自强不息，在追求、实现中国梦的征途中艰苦卓绝、生生不息的伟大历程，就很难涌起铁肩担道义、妙手著文章的人生豪情，就很难经受住从点点滴滴的文字积累，到一字一句地诗词创作、反复推敲、不断修改的无尽煎熬；就很难经受在大东北极寒冰雪中的积极努力、乐观向上；就很难经受在大西北戈壁荒漠走访探索的艰辛、豁达与乐观；也很难经受在南方酷暑潮湿环境中挥汗如雨的写作和夜不能寐的人生探索。特别是面对社会生活的不公、残酷或无奈，作为一个生命个体，他可能感到悲愤、孤独、无助甚至产生绝望与偏激，但他只能选择坚强，选择用微笑迎接一切，只有这样，才能战胜自我、战胜软弱，才能将写作持续下去。

杜鹃啼血，宵宵唤春花。不论面临什么样的遭遇与人生困境，作者始终以积极乐观的态度来激励自己，进行学术研究与诗词创作，并在创作中始终坚守不唯上、不唯书、只唯实。始终坚守做人做事的底线，牢记古人不畏浮云遮望眼，只为天地立心，为苍生立命，为往圣继绝学，为天下谋太平的古训。当然，热爱与担当并不会必然带来真知灼见，从而创作出高质量、高水平的诗词作品。从这一意义上讲，《山河岁月礼赞——边际诗词六百首》，与其说是作者多年诗词创作的心血结晶，毋宁说是作者系统学习中国古典文学，积极探索社会生活、探索人生的一束小花或札记。当然，华夏千年中国梦，风雷激荡史无前。也正是这个伟大的时代，才能使一个生命个体、一个赤子的愿望得以实现。因此，他奉献给人们的不仅是其热情讴歌时代、讴歌中国梦、赞美社会生活、赞美祖国大好河山与大自然的真情实感，也是作者热爱生活、热爱生命，亲近自然、亲近民众的心灵历程的自然流淌与真实写照。

目录

劳动者赞① 七古

（一九七五年一月）

北风凛冽冰河流，引黄工程绕山头。

豹沟纵横岩石叠，宋梁高峻悬崖愁。

钢钎铁锤烈火锻，愚公信念岁月稠。

众志成城移山去，红旗漫卷旱川幽。

读书有感② 七古

（一九七五年三月）

学童愚顽读书枯，恩师苦口稻粱图。

先生梦中颜如玉，农夫黄金醉中沽。

吾意人生迷离结，上下求索探通途。

破卷方知天地阔，励志不再做凡夫。

---

① 甘肃省景泰县中泉公社社员建设中泉电力提灌工程，引黄河水入中泉川。

② 1975年初中即将毕业，读书期间正值"文革"，学校办砖厂、农场，公社电力提灌工程建设也如火如荼，学生经常参加劳动，学工学农，上课、读书很少。但也有一些同学喜欢学习，于是，老师私下将图书室封存的图书，让学生去借、去读，中学期间读了大量文学作品，与老师的教诲是分不开的。在此，十分感谢陈经奎、寇宗恩、王平、周卫国、寇宗堂、吴大松、杨天安、杨秀清、火玉花、马勇等一大批老师的谆谆教诲。

雷锋颂 七古

（一九七五年三月）

抚顺雄起望城颂，雷锋精神树新风。

立场坚定斗志强，爱憎分明对党忠。

乐业敬岗螺丝紧，无私奉献品德崇。

人生平凡水一滴，甘洒热血战旗红。

中　秋 五古

（一九七五年九月）

夕阳落山野，星辰悠然生。

亘古中秋月，阴晴天上行。

年年照缁衣，岁岁伴太平。

民勤六畜旺，耕读燕子鸣。

秋风池塘过，月照人影轻。

几缕垂柳摇，夜阑近三更。

悼周总理① 五古

（一九七六年四月）

功垂千秋节，意志固若铁。

身后不留影，白雪松高洁。

为民谋利益，建军洒热血。

鞠躬尽瘁去，功过任评阅。

神州拭泪眼，民众心欲裂。

苍天折栋梁，大地失人杰。

井冈山垂泪，延河水呜咽。

塞纳愁云淡，富士风凛冽。

长街十里悲，半旗送君别。

吾辈继遗志，宏图永不灭。

---

① 1976 年 1 月 8 日周恩来总理去世，本人在中泉电力提灌工程工地劳动，在工地的高音喇叭中听到总理逝世的消息，非常悲痛，至清明节，写下这首悼念总理的小诗。

十月感怀 五古

（一九七六年十月）

国庆金秋节，神州举樽沽。

四海波涛聚，五湖风雷呼。

领袖挥剑戟，中华得通途。

万民祝大捷，普天同欢娱。

粉碎四人帮，尽情绘蓝图。

建设现代化，举国万马驱。

四季杂感① （四首） 五古

（一九七七年十月）

冬

荒野漫天雪，园中百花绝。

松柏静无声，方知品高洁。

---

① 中华大地多灾多难，发生一系列重大事件。面对社会的急速变化，心情复杂，作诗以表心志。小诗为语文作业，老师在改作业时，认为太消极，并反其意也作诗 4 首，在课堂评述。41 年后恩师仙逝，我写下悼念诗《感伤别》。

春

河开杨柳柔，燕飞泉水流。

少看花木落，何年解忧愁。

夏

陨石落荒野，海啸大地摇。

神州伤悲绝，地火照天烧。

秋

风劲落叶枯，伟人身影孤。

寂寥明月夜，谁能鼓与呼。

春日感怀 七古

（一九七八年四月）

伟人远去天地寒，谁遣疑问上笔端。

岁月沧桑心事切，乾坤旋转夜正阑。

春雨瑞雪燕雀出，香花野草溪流湍。

风尘迷离识不得，自古世事空感叹。

抢 麦① 五古

（一九七八年七月）

酷暑天光亮，陇上小麦黄。

头顶烈日烤，农家收麦忙。

披星山色暗，戴月日影长。

暑气蒸逾烈，挥汗翻麦浪。

精疲力欲尽，稍息精神扬。

连日勤劳作，虎口夺食粮。

打麦尘与土，颗粒尽归仓。

麦芒细丝虐，痛痒又抓狂。

下乡知青涩，方知民凄惶。

汗滴脚下土，泪眼细思量。

衣食来不易，感恩爹和娘。

眼望乡亲朴，举止不再狂。

愧疚内心暖，珍惜稻谷香。

自知农家苦，感念向远方。

他日勤奋斗，男儿当自强。

---

① 1978年高中毕业参加高考，上线初选，但数学成绩只有5分，最终因5%~6%的高考录取率未被录取。于是下乡劳动锻炼，第二年继续参加高考。但同学尚可政考入北大，陈睦贤考入清华，多名同学考入各类高校，其示范效应很大，开启了故乡很多同学屡败屡战，学校、家庭、考生苦学、苦供、苦教，以考学为契机改变命运的高考史。40年后写了《岁月如歌》，以回顾这段乡村历史。

高考夜读 _{七古}

（一九七八年八月）

酷暑夏日炸雷声，山路风雨荒野行。

透背汗衣挂窑壁，偷闲读书夜风轻。

近观黄河波浪滚，梦中龙门鲤鱼惊。

往事如风云烟过，岁月静好奔前程。

高考述怀① _{七古}

（一九七九年七月）

大漠孤烟塞北阔，虎山高耸幼鹿鸣。

麦黄灿灿银镰起，白云悠悠燕子轻。

学子蜂拥考场聚，潜龙腾渊龙门倾。

人生当有雄心志，豪气冲天建功名。

---

① 1979 年参加第二次高考，以优异成绩考入西北政法学院。家族中三代同场，侄儿有考入华东石油学院的三权，兰州大学的三奎，西安公路学院的三俊；有考入西北师大的侄孙福源等，在高考录取率极低的 20 世纪 70 年代，也算家族盛事。

故乡感怀 七古

（一九七九年八月）

自古丝路东土来，边陲大漠花雨开。
乌孙游牧匈奴傲，红军西征马匪催。
祁连逶迤河东阔，黄河奔腾石崖回。
荒山南北泉水碧，花木繁盛自家栽。

高考离家 七古

（一九七九年九月）

红岘台上笑语喧，千叮万嘱父母言。
苍山远去故乡别，烟岚轻寒铁龙奔。
将门学子华夏族，边关大漠入诗魂。
负笈长安路漫漫，车近古城已黄昏。

游兰州① 七古

（一九七九年九月）

古槐掩映楼宇宏，平生初次入金城。

街道宽阔商贾悦，游人款款笑语盈。

黄河奔涌穿城过，白塔漂移水中倾。

庙堂威严花锦簇，华灯竞放月色明。

登五泉山 七古

（一九七九年九月）

山泉清冽古槐香，宝殿雄立雕画梁。

骠骑挥剑向漠野，左公插柳随风飏。

娇花一串红似火，溪水潺潺起波浪。

石阶高台树木盛，寂寥苍松秋色长。

---

① 1979 年考入西北政法学院，9 月初离家赴西安，长兄荀银年将我送到兰州，与在师大化学系 77 级读书的哥哥寇明武相聚于师大，游兰州名胜。

观日影有感 七绝

（一九七九年九月）

画面清新风格异，高飞鸿雁忆情真。

幽忧伤逝生离别，大和空灵影幕新。

游兴庆公园① 七古

（一九七九年九月）

山水相依龙池深，枫叶似火入园林。

乐天长恨歌一曲，贵妃羞花断魂吟。

诗仙脱靴仰天笑，力士声色巧藏针。

往事千年烟尘绝，玄宗音律何处寻。

---

① 入校第二天与同学曹云山、李润成、杨景海、金勇诸君，结伴同游兴庆公园，逛西安街市，领略古都风貌。

复校感怀① 七古

（一九七九年十月）

雁塔高耸明月照，长安街阔树木葱。

阡陌纵横花满径，校园精巧梧桐蒙。

中华命脉薪火传，陕公魂魄旌旗红。

四十二载坎坷路，为国崛起读书风。

登大雁塔 五古

（一九七九年十月）

塔高有佛风，数层在虚空。

北闻鸣钟鼓，声回大明宫。

雁阵过荐福，白云摩苍穹。

静坐慈祥佛，镇塔有神功。

木梯盘旋上，天宫风云倾。

环视四野阔，洞开八面鸣。

绝顶风波里，云中神仙行。

玄奘诵经处，才子多题名。

---

① 1979 年西北政法学院复校，9 月迎来第一届 352 名学生，校园内外欢声笑语、喜气洋洋。四年学习，聆听了王云、杨永华、马朱炎、杜辛可、严存生、段秋关、应松年、寇志新、麻继彬等领导、老师的教诲。

远观秦岭色，俯瞰枫叶红。

原上青槐碧，野径秋雨蒙。

天高渭水冷，叶落长安宫。

紫气东来疾，黎明大梦终。

吾欲乘风去，飞翔展翅中。

长安拜祖① （二首） 七古

（一九八〇年四月）

其一

先祖时进长安公，飘逸潇洒世子风。

敬家满门避帝讳，易姓百年飘零中。

投笔从戎四十载，闻风鞑子奔北宫。

寒夜铁马千军扫，大漠征战建奇功。

其二

洮河奔腾鞑靼骄，杀声悲凉冲云霄。

松山胡风吹边月，永泰孤城烽火烧。

东征西剿大漠横，出生入死故乡遥。

血染战袍满门烈，疆场万里天寂寥。

---

① 先祖苟时进生于长安斗门，其家族为避后晋高祖石敬瑭名讳，改姓。时进投笔从戎，征战四十余载，功勋卓著，任指挥使。

观兵马俑有感 <small>七古</small>

（一九八〇年五月）

帝陵壮哉岭逶迤，剑戟锋芒白骨尸。

儿郎万千潼关出，横扫六合虎狼师。

骊山青翠徘徊久，铠甲暗淡志不移。

古今帝王多少劫？霸王焚毁千年悲。

小雁塔（二首）<small>七绝</small>

（一九八〇年八月）

其一

精巧秀丽胜月貌，宫人敬佛欲穷期。

晨钟暮鼓传音妙，武举题名当赋诗。

其二

塔顶震坍身欲裂，天工弥合裂缝宁。

思来战祸多频发，遭劫晨钟逝空灵。

秦　岭　七古

（一九八〇年九月）

接天连山万里空，白云徘徊南北中。

脉起昆仑连嵩岳，雄峙长安护皇宫。

楼观锦绣通龙脉，神州苍翠有清风。

古道崎岖斜谷藏，远眺太白莽苍穹。

村中观影①　七绝

（一九八一年五月）

剧场简陋夜空幽，明月初升不见楼。

精妙影屏杨柳絮，古今善恶冷清秋。

---

① 学校南吴家坟开放露天电影场，播放中外老电影，观众大多为附近师大、政法、外院等院校的学生。

游华山① 五古

（一九八一年五月）

东去潼关客，天暮起云烟。

春波绿原野，秀色满秦川。

群山兀立起，渭河水幽咽。

五峰高耸直，万山遥相连。

周王观山岳，轩辕会群仙。

秦皇山神祭，庙高穿堂燕。

华岳云台耸，仙人天地眠。

远望黄河伏，如带绕山川。

俯首白云泽，山高接青天。

千丈绝岩壁，飞雁落山巅。

伸手摘星斗，挥臂别神仙。

游人石下过，苍鹰凌空旋。

云霞披四野，苍松入云端。

俗念一扫空，健步登龙盘。

天际高寒处，日月照山峦。

莲花乾坤转，沉香劈山冠。

救母子行孝，超凡上神坛。

西望云岭耸，雪飘太白寒。

---

① 1981年五一劳动节期间，79级法3班组织春游，登临华山，领略西岳美好风光。

莽莽昆仑雾，铁骑备银鞍。

古道逶迤去，向东锁河滩。

秦汉明月照，唐宋青史传。

远望烟玉淡，飞马蓝关前。

天下南北分，神州日月悬。

回望风乍起，上下五千年。

华清池感怀 七古

（一九八二年五月）

骊山逶迤渭河流，帝王离宫景色幽。

水榭楼阁玄宗意，渔阳鼙鼓梦到头。

汤池寥落宫萧疏，山野荒凉鬼魂游。

贵妃容颜今何在？马嵬坡下白骷髅。

参观八办① 七古

（一九八三年三月）

俄式小楼一色新，松柏高挺白雪纯。

舍身赴死陈潭秋，傲骨忠义毛泽民。

英雄慷慨衣帽在，先烈凛然天上神。

为国捐躯抛荒野，血染戈壁化作尘。

白杨沟（二首）七绝

（一九八三年四月）

其一

枯叶飘零积水深，漫天飞雪落琼林。

春潮疏木姗姗客，杨柳清风景色沉。

其二

冬去春来雪水依，百花欲发雁群归。

瀑流急泻寒冰泣，日暮余晖雀鸟稀。

---

① 1983年3月至5月，79法3班在新疆乌鲁木齐实习，实习中我担任书记员、陪审员，直接参与办案，判决书都由我们起草。同时，受院里指派也参加民族庭的公开宣判工作，这是参加工作后被分到法院及刑庭工作的直接原因。另受在民庭实习同学的推荐，也参加过民事审判及调解工作，这是我从事学术研究工作后选择民商法的因由。实习期间，参观八路军驻新疆办事处纪念馆等。

红山感怀 七古

（一九八三年四月）

远眺天山群峰碧，俯瞰楼宇杨柳翠。
孤塔高耸沧桑面，怪岩层叠繁华地。
王母挥剑巨龙斩，玉帝抛洒宝石赐。
红嘴悬崖飞白雪，丹霞砂砾景色异。

红雁池 七绝

（一九八三年四月）

瀚海苍茫雾满岗，一汪碧水向何方？
春寒四月雄鹰疾，东眺天山白雪扬。

游天山感怀① 五古

（一九八三年五月）

远望天山下，春来飞雪花。

阜康戈壁道，寒风卷黄沙。

群峰突兀起，山涧鸣寒鸦。

涧盘冰路绕，雪松照云霞。

苔青马蹄滑，山高无人家。

巉岩天池碧，苍松发新芽。

酷寒博格达，冰封云雾遮。

同学齐努力，放舟闯天涯。

池碧帆一叶，破冰水如花。

超凡欲脱俗，仿佛是仙家。

夕阳归倦鸟，群山披晚霞。

东望月横空，山下鸣青蛙。

① 1983年3月至5月，79级法3班在新疆乌鲁木齐实习，五一节全班到天池春游。

游天池 七古

（一九八三年五月）

穆王驾车天山过，王母遗珠瑶池波。
峰峦环抱松挺拔，幽谷深壑燕子歌。
芳草如茵花似锦，山雨欲来树婆娑。
三峰并起博格达，剑戟插云寒气多。

过哈密伤怀 七古

（一九八三年五月）

夜色晴朗天山寒，自古兵家扎营盘。
地火冲腾乾坤照，狂飙呼啸到雅丹。
雪水清凉边陲地，明月高悬灯阑珊。
汉家将士沙场死，马革裹尸火焰滩。

华山感怀① 杂言诗

（一九八三年六月）

登五凤，望西岳，翠谷松岩，白云苍狗，远山青翠徘徊久。忆初次，登华岳，千尺幢台，暴雨雷鸣，仰观巨石锁咽喉。声嘈杂，步难移，故人相携，天井深邃，石阶步步夜色幽。今登临，步从容，龙凤翔云，清风习习，史郎箫声绕山头。棋台静，飞鸟度，鹞子翻身，陈抟宋祖，西风寒索白云游。

放眼望，天色碧，秦川历历，满目苍翠，黄河咆哮向东流。绝壁立，苍松翠，长空栈道，游人信步，铁索凌空豪气休。西峰俏，莲台落，危岩耸立，劈石声裂，沉香巨斧震山丘。临绝壑，苍龙卧，韩公投书，毕沅开凿，龙脉断绝空回首。山高耸，日月悬，多少才俊，绝顶论剑，谈笑信步几春秋。

长安怀古 五古

（一九八三年七月）

世界古都梦，长安当自豪。
上下十三朝，五千文明涛。
西伯奠基业，武王建国韬。

---

① 1983年6月大学即将毕业，与同学路肃林、曹云山、曹洋、袁志杉等再登华山。

举兵伐殷纣，太公威望高。

礼仪分封制，周公王朝号。

天下归一统，龙随祥风翱。

社稷民为本，井田阡陌劳。

烽火戏诸侯，犬戎镐京嗥。

幽王作孽死，平王潼关逃。

春秋兹此开，变法霸业韬。

周王业凋零，五霸称英豪。

群雄烽烟起，诸侯举旌旄。

混战誓不休，烧杀如宰羔。

礼崩乐亦坏，孔圣奔呼号。

连横合纵术，试比谋略高。

关中虎狼师，横扫六合刀。

秦王雄才志，统一天下调。

宏大阿房宫，长城万里遥。

穆公有雄才，孝公大旗飘。

朝廷除弊端，商鞅变法潮。

秦皇统天下，帝王伟业昭。

废除分封制，郡县治国调。

骊山修皇陵，封禅泰山骄。

集权大一统，中央旌旗飘。

统一度量衡，焚书坑儒苗。

打通秦直道，二世出人妖。

扶苏领命死，秦业呈凶夭。

楚汉争天下，项羽霸业飚。

刘邦赴鸿门，留侯谋略超。

汉王四海威，霸王傲骨焦。

与民约三章，史家颂如潮。

高祖置长安，韩信热血浇。

兔死走狗烹，英雄叹寂寥。

文景与民休，繁华大汉朝。

武帝开疆土，匈奴留歌谣。

长河落日圆，大漠旌旗飘。

悲凉飞将军，汉家山岳遥。

张骞持节旄，骠骑踏燕骁。

阳关苍鹰翔，丝路花雨飘。

太史著史记，华夏留妖韶。

仲舒黜百家，孔儒指航标。

西域民族融，成就唐人骄。

太宗创盛世，玄宗歌舞嘹。

玄奘天竺行，取经西天遥。

佛法济苍生，文化融合潮。

汉唐盛世名，江山多妖娆。

华夏古韵风，丝绸大陆桥。

文明传扶桑，万邦齐来朝。

女皇无字碑，贵妃容颜娇。

功过任评说，理当日月昭。

诗仙梁甫吟，豪气冲云霄。

繁华云烟过，狼烟烽火烧。

诗圣三吏别，安史杀声嘹。

祸害大唐民，毁我华夏苗。

国破山河碎，民哭豺狼嚣。

白骨露于野，都城出人枭。

千里无鸡鸣，百年任飘摇。

明朝建高墙，风雨战火烧。

苛政猛如虎，生灵涂炭焦。

闯王揭竿起，大顺旌旗飘。

百姓开城门，义军引为骄。

花开又花落，西风唱寂寥。

废都六百年，时光繁华消。

八水绕长安，江山何萧条。

慈禧避战祸，联军纵火烧。

清廷续龙脉，秦岭花木凋。

偶尔横空起，引领时代潮。

张杨怒冲冠，捉蒋冲云霄。

不为国共争，统一抗战调。

民族精神聚，华夏显神招。

事变云烟过，钟楼旌旗飘。

城外雁塔静，花树随风摇。

曲江池水浅，亭台笙歌调。

南郊学府路，原上秋雨潇。

翠微湿人衣，灞桥杨柳飘。

细寻古城迹，子孙引为骄。

壮哉大长安，雄起改革潮。

发展大繁荣，豪气冲云霄。

把酒话未来，任重路迢迢。

望京城① 七古

（一九八三年八月）

燕山雄起望京华，宫殿宏大共烟霞。

太行风寒乱云渡，幽州华丽帝王家。

梦中一枕黄粱客，骏马金鞍戴乌纱。

人生难得青云步，笑对关山走天涯。

兴安路上 七古

（一九八三年八月）

碧空树影嫩江流，落日原野水中鸥。

扎龙寂寥仙鹤舞，草甸如绒白云游。

芦苇摇曳故乡远，垂柳轻飏梦中愁。

秋色连波千里秀，甘河清澈满城楼。

---

① 1983 年 7 月大学毕业，自愿报名分配到林业部大兴安岭林管局，8 月从西安到北京转大兴安岭。诗中"梦中一枕黄粱客"原为"梦中不知身是客"，当初写作时并没有读过李煜的《浪淘沙令·帘外雨潺潺》，后发现只差一个字，怎么会有这样的巧合？不改也可，属于用典。但本人写作时的心情与李煜写作时的心情完全相反，此次出版，做出修改。

从塔河到呼玛 七古

（一九八四年五月）

兴安漫岗重山峦，松高挺拔耐酷寒。

白桦婷婷黑桦秀，杜鹃竞放花烂漫。

苔草遍野柳叶绿，呼玛清澈溪水湍。

烟波浩渺龙江阔，愁望江北老营盘。

悼父亲① （二首） 七古

（一九八四年五月）

其一

忽闻老父驾鹤惊，伤逝悲切盼天明。

舰艇劈浪龙江急，人在激流波上行。

兴安青松挺且直，岁月静好天无情。

两岸远去青山过，仿佛已闻黄河声。

其二

先父一生平凡公，谨慎勤勉事事躬。

老少皆称心良善，豁达仁厚君子风。

---

① 1984 年五一节过后，到呼玛办案，惊闻父亲病逝，心情十分悲伤。父名万麒，生于 1922 年，长期在农村信用社从事金融工作。

三十余载金融业，分毫无差品格崇。

祁连高耸埋忠骨，苍松高洁白雪中。

北山感怀① 七古

（一九八四年九月）

甘河清凉榛子盛，登高远望白云轻。

红叶漫山秋风劲，兴安极目同窗情。

人生悲壮岁月难，随风漂泊雁阵鸣。

挥手兹此人远去，天涯万里奔前程。

大兴安岭赞② 五古

（一九八四年十月）

兴安秋色静，绚丽多美景。

甘河流水碧，北山针叶冷。

满目寒酷地，绿海蔽日影。

南北山千里，东西分水岭。

松嫩平原阔，蒙古高原雄。

---

① 在哈尔滨铁路检察院工作的老同学陈晓光来加格达奇出差，同学相见，格外亲切，游北山公园。

② 来大兴安岭工作，与吉大原启光，中南林学院何林根、罗建华、左旦平等往来甚多，常在北山散步。值大兴安岭开发建设二十周年之际，以诗庆贺。

冰谷林海雪，天寒高山崇。

阴坡生红豆，向阳杜鹃红。

金色胭脂凝，都柿榛子丰。

北极舞七彩，风寒嘎仙洞。

岭东南坡陡，枫叶秋雨梦。

向西草原绿，遍地针叶中。

樟松挺且直，杨柳拱手送。

白桦婷婷立，黑龙江水滨。

飞龙雪兔走，驯鹿狍子纯。

彪悍鄂温克，原始林中民。

桦皮船上月，锦绣鄂伦春。

铁道兵八万，开发带头人。

铺路禁区破，高寒献青春。

抛泪洒碧血，尸骨与山邻。

数万后来者，无悔林海民。

知青边疆梦，奉献有精神。

绘就蓝图出，奋进脚步频。

吾辈皆才俊，改革除迷津。

指点山河美，林区一色新。

再过二十载，青山绝音尘。

北极村感怀 七古

（一九八四年十二月）

彩练绚丽夜空舞，仰望苍穹触龙呼。
夜半三更观曙色，遥望北斗寒星孤。
兴安春到雅克萨，华夏崛起复兴图。
百年狼烟冤屈重，苏俄还珠路崎岖。

兴安迎春（三首） 七绝

（一九八五年二月）

其一

兴安腊月夜如霜，风吹松涛似海浪。
岭下甘河冰水咽，满城烟火接春光。

其二

爆竹声声积雪开，春风送暖万家来。
梦乡满眼梅兰菊，灿灿新桃旱柳栽。

其三

兴安长夜方三日，岭外风高已数哉。
雪落甘河飞鸟白，遥途南国百花开。

老金沟① 七古

（一九八五年六月）

岁月繁华胭脂沟，茶楼酒肆人烟稠。

官家俄裔盲流涌，金客豪强驿站头。

古道黄金捷报传，佛爷贵胄登高楼。

烟花女子满知府，而今荒冢冷清秋。

扎兰屯（二首） 七绝

（一九八五年七月）

其一

雅鲁清幽碧草荣，风光如画吊桥横。

丘陵苍翠江南影，铁索悬空入绿城。

其二

兴安秀岭扎兰幽，一色青山碧水流。

南望草原天际廖，可汗铁马历千秋。

① 多次与同事到漠河、塔河、呼玛、呼中等地办案，喜欢这里的山山水水、一草一木。

拜谒英烈墓① （二首）

（一九八五年八月）

七古

东山幽静映翠微，睹物思人梦中归。

子荣英魂感天地，豪侠仗义气势威。

黑水冻结枪难发，白山殉国泪纷飞。

林海苍莽埋忠骨，雪原空阔洒银晖。

七津

故人一别我心空，祭缅忠魂敬又崇。

孤冢荒凉枯草乱，满城喧闹雾尘蒙。

英雄含笑青山下，枫叶悲鸣白雪中。

欲问何时鸿雁入，秋风瑟瑟战旗红。

镜泊湖 **七津**

（一九八五年八月）

水上舟行镜中明，牡丹江碧吊楼横。

长湖白雪飘云岭，深谷苍松扎石坑。

---

① 1985 年 8 月，被聘为省法官培训中心法学教师，与省高院同事到穆棱参加学习、培训、交流，心情大好。返程时到海林拜谒杨子荣墓，心情沉重，有感而发。

地火冲腾飞瀑落，天风吹雨杜鹃盛。

万山含翠老鹰逐，寒树千重野鸭鸣。

秋日感怀（四首）　七绝

（一九八五年十月）

其一

兴安秋色月高悬，红叶飘飞染碧天。

雁阵长鸣霜满地，归心似箭著先鞭。

其二

秋雨潇潇草木残，甘河波涌朔风寒。

旅人归去孤城闭，愁绪无端到夜阑。

其三

伤悲怀远别秋风，北岭烟岚雨亦濛。

人困征程残梦断，瑶台无路月偏东。

其四

鸿雁南归落叶天，兴安倦客寝无眠。

神州波涌音书绝，寂寞边城雪月悬。

别兴安岭① 〔七古〕

（一九八五年十月）

抬眼窗外樟子松，往事远去秋色浓。

时光三载岁月静，鸿雁高鸣觅行踪。

年华青涩书生气，爱憎喜怒任从容。

白桦摇曳吹边月，举杯南下山万重。

哈尔滨②（五首） 〔七绝〕

（一九八五年十月）

其一

黑水青山万里霜，碧空浩荡百花香。

天鹅歌唱兼葭白，风雪弥漫恨夜长。

其二

本是渔村荷叶香，河溪纵横水流长。

铁龙声响松花外，商埠繁华到北疆。

---

① 1985 年 10 月，调甘肃政法学院，离开时数名同事到车站相送，心潮难平。

② 工作期间多次到哈尔滨出差，此次在同学的陪同下游览市容，后乘飞机离开黑龙江。

其三

黑土流香燕子鸣，满城欧派道中横。

红肠格瓦西洋味，旖旎霓虹到五更。

其四

教堂横空木楼华，壮美巍峨索菲桠。

基督东来行救赎，晶莹冰雪照人家。

其五

江水清凉烟树碧，游船轻荡太阳郊。

天鹅悠处鶣花俏，遗落仙丹老子抛。

故宫感怀① 七律

（一九八五年十月）

星斗高悬紫禁荣，森严等级帝王城。

北宫雄伟燕王筑，南殿龙兴帝业盛。

楠木珍稀山石重，殿堂华丽子民轻。

两朝烟雨多尘事，末帝崇祯梦里惊。

---

① 在大兴安岭工作期间多次路过北京，访吴宗宪、胡希平、马建川等同学，也曾去总政拜访刘志成、程相会、王炳荣同学，未果。感觉北京的人文环境比外地好，老百姓的自我感觉也比外地优越了不少，特别是军政大院，不准闲人入。

游颐和园 七律

（一九八五年十月）

燕山雄踞帝王州，水漫清漪御苑幽。

万寿山高红塔闭，昆明池浅白云羞。

长亭廊道入苍石，枫叶红霞染晚秋。

岁月沧桑江海阔，颐和园闹杞人忧。

兴隆山① （二首） 七律

（一九八七年九月）

其一

白云悠荡在山东，溪水清凉绿阁空。

残雪凌尘飘峡谷，大汗驾鹤入仙宫。

灵棺藏秘佛台闭，流水喧嚣弄月蒙。

风雨百年人与事，如云香客卧桥通。

其二

金城东望起云烟，陇右兴隆碧水涟。

高耸双峰明月照，深幽万谷猎鹰旋。

---

① 调回甘肃工作后，与在兰的高中同学周应军、卢有礼、罗勇、火荣贵、寇永俊、陈其国、朱万存、陈其锋等，多有来往，遇到困难，也经常找同学帮助解决。

龙桥横卧寒波逐，佛阁峥嵘大汗眠。

古刹风寒将欲雪，满山枫叶百花燃。

天斧沙宫（二首） 七绝

（一九八七年十月）

其一

恍若天星土色焦，桃花飞向帝宫桥。

龙风峡曲丹霞出，鬼斧神工白雪娇。

其二

盘古开天劈陇中，女王缓缓入沙宫。

风吹万代神仙去，遐想千秋梦亦穷。

吐鲁沟 七古

（一九八八年五月）

石林高耸溪流聚，叠嶂层峦林木古。

曲径回转出山谷，绝壁峭立洒天雨。

山势嶙峋云雾笼，鸟语花香彩蝶舞。

沟掌草原景色异，回望石崖擎天柱。

白云观 五津

（一九八八年九月）

闹市吕仙骄，黄河万里遥。

山高波浪涌，道缓柏松凋。

秋去槐花落，燕来柳絮飘。

白云寒庙客，日暮雨潇潇。

白塔山感怀① （二首）

（一九八九年四月）

七古

飞雪迎春苍松白，塔廋八面寒风吹。

法王命绝大汗思，黄河幽咽烟雨衰。

白塔飘逸百年耸，金汤安然三台奇。

俯瞰七里雄关横，河水汤汤山色移。

---

① 1989 年，岁月沧桑，陪大弟忠年游览兰州名胜，登白塔山。甘肃政法学院学报 1986 年创刊，编辑部同仁杨子明、陈雪鸥、张永河、王芝茂与我到西关十字照相馆照相，登白塔山游览。

七津

黄河波涌暗流摧，绮阁风声疾若雷。

白马狂奔高塔出，铁桥静卧鲤鱼来。

金城喧闹红尘入，青石凄幽绿水回。

自信春寒终会去，遍山苍翠杏花开。

千 山① 五古

（一九八九年八月）

怪石流泉泄，白云几徘徊。

秀峰千百态，万朵莲花开。

松岩石壁立，雄踞渤海来。

宝塔云烟绕，景色何壮哉。

木鱼透灵气，山高绝尘埃。

春夏清风过，绿荫百花陪。

秋深飘红叶，苍松千百材。

奇峰多秀谷，雪浪滚滚堆。

万顷寒松秀，百花盼春雷。

山寺鸣暮鼓，化鹤仙人台。

松高巉岩峭，古洞落青苔。

庙高烟火烈，梵语香客回。

---

① 1989年暑期，陪岳父周泰恒、岳母解素卿及家人在东北辽阳度过，游览当地名胜。

重庆吟（二首） 五津

（一九九〇年五月）

其一

重岭莽苍苍，长江万重浪。

溪流奔楚汉，山石集瞿塘。

红焰精魂聚，巴渝气魄扬。

彩云追梦地，自古雪鹰翔。

其二

白帝逐浪飞，游人三峡归。

念君华丽影，倚剑和谈违。

歌乐野花杂，红岩树叶稀。

山高江汉远，巴楚雨依依。

三峡（三首） 七绝

（一九九〇年五月）

其一

千里青山峡谷连，重岩叠嶂蔽云天。

三更弯月猿声急，长啸巴东空谷传。

其二

朝辞白帝画山连，船向湖湘读圣篇。

李杜高歌唐宋去，暮迟江汉见晴川。

其三

三峡空蒙江水激，清波回旋白云中。

何时潭映平湖月？神女奇峰夕照红。

岳麓山感怀①（五首）　七绝

（一九九〇年五月）

其一

远望长云灵麓葱，苍天寥廓杏花红。

暖风扑面山奇秀，白鹤清泉宝寺雄。

其二

八百高峰衡岳阔，万山红遍岁峥嵘。

风云灵麓湘江激，橘子洲头骇浪惊。

其三

观枫台上白云轻，爱晚亭幽杏李盛。

岳麓古坛明月照，葱茏万木夜莺鸣。

---

① 1990年5月参加在桂林举办的全国高校中青年编辑培训班，途径长沙，拜会同学陈小安，游览岳麓山。

其四

弦歌不辍脉延绵，惟楚将才浩若烟。

千里潇湘云水激，星光灿烂著新篇。

其五

历代湘才腹满韬，英雄大略领风骚。

峥嵘岁月芳华茂，指点江山逐浪高。

桂林山水① 五古

（一九九〇年五月）

漓江桂林行，玉桂得其名。

岩溶地貌观，桂花香郁生。

山水甲天下，久闻绝世倾。

石穿洞幽静，城高峰峥嵘。

秦皇灵渠阔，湘桂水路通。

古迹石刻地，文明中华风。

白云千嶂暗，春暖百花红。

登临伏波石，水光山色空。

漓江穿城过，象鼻桃花盛。

榕杉湖水碧，七星芦笛鸣。

连山波涛起，游人脚步轻。

日暮渔帆落，满目夕照明。

---

① 1990年5月在广西师范大学参加全国高校中青年编辑培训班，与兰大王肃元、国际关系学院王湘林、临沂地区谷义川等游览桂林名胜。

独秀峰 七律

（一九九〇年五月）

孤峰突起在王城，高耸苍岩气势宏。

阶石通天三百柱，白云独秀万千荣。

漓江远去波涛伏，叠彩横空独石生。

风送暗香春日暖，青山一路马蹄轻。

游漓江 七律

（一九九〇年五月）

越城高耸大江流，神秘熔岩墨客稠。

滩险潭幽红杏放，风清舟荡白帆悠。

孤山静卧梦云外，九马飞奔画笔囚。

两岸奇离千百转，碧莲峰下幻沙洲。

黄果树瀑布① 七津

（一九九〇年五月）

白水奔腾夜雨濛，绿榕苍碧激流匆。

三滩汹涌起虹带，飞瀑凌空逐紫穹。

溶洞石穿风猎猎，水帘树挂雾蒙蒙。

近观峭壁潭中伏，万马惊涛入地宫。

白银（二首） 五津

（一九九一年九月）

其一

祁连雪月横，银少空留名。

铜贵岩层暗，山荒旷野晴。

矿贫炮火息，市闹火车鸣。

昔日繁华地，高歌陇上行。

其二

远古雪山来，黄河月滞徊。

沙荒戈壁去，旷野柳桃栽。

岩画龟城闭，三军会宁开。

西征过虎豹，血战上高台。

---

① 编辑培训班学习结束，与西北师大张兵等游览贵州黄果树名胜。

石林吟（二首） 五津

（一九九一年九月）

其一

北望大河流，群山绕绿洲。

云遮龙嶂暗，水涌石林幽。

绝壁飞天际，丹崖坠玉沟

夕阳明月落，烟火唤渔舟。

其二

云飞绝壁横，浊浪鼓雷惊。

峡谷蜿蜒曲，毛杨笔直生。

天高山雨泣，沟浅杜鹃鸣。

风吹桃花落，龙湾景色嵘。

西番窑（二首） 七绝

（一九九一年九月）

其一

古柳擎天喜鹊喧，红崖砂砾雪飞垣。

西番窑洞谁人凿？座座迷宫向吐蕃。

其二

清泉缓缓柳桃新，沙碛干枯叶落尘。

雨过悬崖飞燕疾，洞中寂寞彩虹频。

羊城秀色①（四首） 七绝

（一九九二年八月）

其一

南粤名山越子骄，白云望断五羊飘。

三台苍翠鸣春谷，高耸摩星入际辽。

其二

秦有高人乘鹤奇，黄婆仙洞史前遗。

炼丹炉灶名家聚，楼榭亭台诵古诗。

其三

越秀逶迤碧水流，山峦重叠白云悠。

五羊临粤增秋色，雄踞南疆镇海楼。

其四

八角攒尖宝瓦橙，琉璃蓝碧中山荣。

圣贤故里人神泣，天下为公世事清。

---

① 1992 年 7 月南下海南寻求发展机会，从兰州到广州，游览广州白云山、越秀山等名胜。

从广州到海口有感① （二首）

（一九九二年八月）

七古

白云烟岚觅泪珠，日暮苍山虎门孤。

风雨港澳下南海，烽火黄埔北伐途。

故国宰割分离苦，大清子民沦为奴。

百年梦魇长歌起，中华一统普天呼。

七律

羊城远去暴风过，满目骄阳和雅歌。

遥望南洋云水碧，近观北陆彩虹波。

长天寂寞迎弯月，大海扬波落玉河。

一夜客船飘海峡，琼州山影树婆娑。

---

① 到海口住海南热带作物学院招待所，拜访了海南农业银行李茂荣、海口市检察院王成勇同学，拜访校友、同事，海南省建设厅陈马林等。到海南大学、海南教育学院、海南高院、珠江实业等投档，寻找机会，二十余天下来，机会渺茫，便再下三亚，终困天涯海角，无功而返。

海口感怀① （四首） 七绝

（一九九二年八月）

其一

风光旖旎白帆飘，南渡江清碧树摇。

花草满城椰子落，蓝天高远海鸥飙。

其二

五公光彩映高楼，椰树轻摇古木幽。

名杰先贤游客拜，胸襟坦荡领千秋。

其三

波涌泉清碧树摇，鲜花满地白云飘。

此园眼界眉山配，无我东坡铁血骄。

其四

粤东正气众家居，布衣丹心脱粟初。

绳断枢魂寻宝地，三生不改后人书。

---

① 1992 年 7 月南下海南寻求发展机会，在海口、三亚逗留月余，游览海南名胜。

游览三亚（四首） 七绝

（一九九二年八月）

其一

万里云烟骤雨嚣，登高台上暴风潮。

天涯笑傲长虹起，海角峥嵘燕子娇。

其二

马岭微风石壁倾，长空深邃水天泓。

苍茫疆海南天阔，风雨流年柱石生。

其三

月牙环抱洒银辉，椰影婆娑倦鸟归。

远眺白沙云影动，长滩平阔海鸥稀。

其四

白云远去海天幽，高耸悬崖月似钩。

弓箭穿林偏入木，红巾引得鹿回头。

过杭州① 七绝

（一九九二年八月）

列车驶过大潮横，久闻天堂有盛名。

雨后斜阳山色碧，波涛汹涌鼓声鸣。

---

① 从广州到上海，途径杭州，车过钱塘江大桥，正值大潮奔涌而来。

观南湖① 七律

（一九九二年八月）

彪湖浅绿稻花香，云水翻腾雨夜茫。

锦缎江南英杰聚，丝绸嘉兴百家乡。

孤亭高阁沙洲阔，水榭低台柳影长。

一叶红船风雨激，神州万里战旗扬。

复旦感怀② 七律

（一九九二年九月）

匾额苍沉学子荣，毛公昂首杏坛盛。

相辉堂老垂青史，博物楼新启远程。

日月光华明复旦，风霜血雨暗长庚。

百年一梦吴淞阔，继往开来万里征。

---

① 从广州到上海，途径嘉兴专程拜会在嘉兴中级人民法院工作的原大兴安岭法院同事张克军，游南湖。

② 1992 年，海南寻机未果，8 月底赴上海，在复旦大学法律系主任胡鸿高教授的指导下做访问学者一年。此期间听了许多在 4 教、礼堂、学术厅举行的学术报告、博士论文答辩，也慕名听了一些名家的讲座、课程，观看了为准备大专辩论赛进行的演讲、辩论选拔，领略了复旦学子的风采。之前，因工作原因未能赴沪读研，此次学习，感慨颇多。

南京路（二首） 七绝

（一九九二年九月）

其一

百年街弄月光奇，商贾如云尽华丽。

满目珍稀商厦耸，霓虹幽处沪儿痴。

其二

霓虹灯下哨兵传，使命担当好八连。

传统作风不可忘，倡廉拒腐勇登天。

外滩感怀（三首） 七绝

（一九九二年十月）

其一

外滩风烈九州暗，租界洋场十里深。

变法潮声洋阀惧，商家血泪满衣襟。

其二

万国高楼烟雨聚，雍容绚丽领新风。

百年黄浦波涛涌，繁华空前血泪蒙。

其三

秋涛黄浦苏州渡，商贾熙攘遍地金。

雪耻百年中华起，霓虹高阁梦中沉。

虎 丘① 七律

（一九九三年五月）

沧海山青波暗涌，云岩寺塔久闻名。
虎龙拥翠高丘耸，吴越迷池长剑萦。
莫干流星烟火逐，秦皇移步鹤仙鸣。
千人碧血书台阔，山壑清泉塔影倾。

东山银杏 七绝

（一九九三年五月）

太湖浩渺乱云翻，幽静东山杏子繁。
古木参天银色闪，碧螺春伴客人喧。

金陵怀古 七律

（一九九三年七月）

龙盘虎踞月宫残，山色苍茫夜正阑。
一线孤桥惊骤雨，长江百舸逐波澜。

---

① 在复旦大学访学期间，与同在上海进修的同事卢永红、刘亚玲、陈红等游览上海、苏州名胜。

中山高耸孝陵阔，抱月低垂幕府单。

烟雨秦淮云水伏，六朝金粉几家欢。

甘南（三首） 七绝

（一九九三年八月）

其一

寂寥青藏高原雪，北望黄尘落叶零。

春到格桑花万顷，牛羊洒落满天星。

其二

尕海水清天一色，莲花繁茂牧人来。

桑科起舞黄河曲，拉卜楞高佛法开。

其三

亘古荒芜羌部去，中华繁衍吐蕃传。

红军踏雪高原月，俄界欢腾到陕边。

河州（三首） 七绝

（一九九三年八月）

其一

保安撒拉月牙幽，花漫河州赛季喉。

古道南来茶马聚，吐蕃遥远夏河流。

其二

文成进藏雪花忧，一路乡愁雨夜留。

满目彩陶羌笛去，秦时明月照河州。

其三

安卧青黄农牧带，山川绮丽百花开。

黄河三峡洮河聚，万顷波涛向钓台。

拉卜楞寺 〔七古〕

（一九九三年九月）

飞雪飘舞山寺静，桑科寒色冷风欺。

活佛安详菩萨面，梵宇精美色彩丽。

五体投地信徒意，游人懵懂少情思。

夏河清幽波澜阔，一路东去景色奇。

九寨沟 〔五古〕

（一九九三年九月）

山谷绵延长，秀水起波浪。

神游入九寨，景色赛天堂。

山高林飞雪，白云芳草香。

远望苍山碧，云天湖中翔。

山寨映画中，藏家木楼苍。

经幡随风动，水中红磨坊。

栈桥通幽处，山花满庭芳。

瀑布若银链，钙华漫滩长。

枫叶红似火，苔藓蒙清霜。

童话仙境里，恍惚在梦乡。

溪流清如许，奔腾路沧浪。

雪峰连绵起，云雾林莽凉。

海子斑斓色，树高清风扬。

神奇染五彩，清澈放光芒。

有海平如镜，美景海中藏。

长海墨蓝碧，岸边秋树黄。

远望雪山耸，冰峰映寒光。

登黄龙 〔七律〕

（一九九三年九月）

宝顶凌空逐雨鳞，涪江浪急扑芳茵。

云飘山道苍松翠，水漫钙池布谷巡。

山寺花开飞蝶舞，黄龙门闭晚钟频。

角峰高耸石崖立，冰雪晶莹五彩珍。

松潘草地（二首）七绝

（一九九三年九月）

其一

河曲水寒天际阔，若云羊兔赛花斑。

天降冰雹山飞雪，多少英雄逝笑颜。

其二

雪山草地长征去，来者常思泪满襟。

今日游人观曲水，牛羊悠荡夜深沉。

麦积山 七古

（一九九四年五月）

绝壁高悬崖阁暖，栈道凌空松叶寒。

孤峰独绝似麦垛，泥塑精巧胜罗丹。

林泉清澈苍岩翠，气流回旋花烂漫。

避暑宫殿今何在？竹影婆娑溪水湍。

秦州（二首） 五津

（一九九四年五月）

其一

山青杏雨喧，燕入谪仙门。

秦祖轩辕血，羲皇八卦魂。

渭河天水去，麦积泥雕存。

古柏春秋映，秦州万里奔。

其二

关陇暮云沉，悲歌学圣吟。

黄原烟雨雪，秦地石松林。

断岭街亭影，南山古柏森。

兼葭诗欲诵，琴瑟水天寻。

仙人崖 七绝

（一九九四年五月）

秦陇丹崖渭水间，碧峰高耸玉池环。

涧深雨急虹飘去，仙火飞灯挂后山。

秦州石门（二首）七绝

（一九九四年五月）

其一

千仞苍岩霁雪徊，两峰相对石门开。

中秋月影群仙聚，白鹿登临碾子台。

其二

石门翠鸟杜鹃啼，陇右灵峰雪岭西。

势接昆仑仙助力，青山万里白云栖。

政法放歌①（二首）杂言诗

（一九九四年九月）

其一

黄河岸边，桃林深处，朔风漫卷龙沙。杜鹃啼血，宵宵唤春花。学子归也复去，笙歌发，春光明媚走天涯。屈指数，朝朝暮暮，志坚似铁，十载辛劳筑新家。忆往昔，白云悠悠，岁月如歌，青春不虚好年华。

曾几何？迷离校园，赤子远走，满眼枯树看昏鸦。观今朝，众志三

---

① 自 1986 年 10 月调入学校，值甘肃政法学院十周年校庆之际，回首往事，展望未来，心潮澎湃，感慨万千，遂写诗歌两首，以志庆贺。

千，同舟共济，万马奔腾气可嘉。抓机遇，遍栽桃李，长亭芳草，来年春色看奇葩。

其二

潜龙腾渊，乳虎啸谷，欢歌飞升九重。莘莘学子，琅琅诵读声。少年早生壮志，谈笑间，威名豪迈冠金城。重英才，携手俊杰，气概豪迈，创业艰难扭乾坤。抬望眼，明月盈盈，日复旦兮，芳华无限意浓兴。

侧耳听，阳关古乐，歌舞翩跹，续谱频频传佳音。展未来，万千学子，校园繁华，风烟狂飙任君行。开思路，满园春色，竟创佳绩，侪辈任重百鸟鸣。

忆兴安 七古

（一九九四年十月）

兴安孤寂雪花开，落日一别光阴催。
寒山远去杜鹃泣，雁阵声里梦几回。
往事如烟心头热，人生蹉跎月徘徊。
寂寞秋色云烟过，甘河百转梦中来。

陇东（三首） 七绝

（一九九五年七月）

其一

子午西望陇上青，白云悠荡旱原宁。

陇东堪称先王地，万马奔腾向华亭。

其二

黄原沟壑名天下，塞上粮仓响晚钟。

烟雨神州甘陕寂，边区鼙鼓感愁容。

其三

后稷农耕种地初，岐黄故里医家书。

周朝之兴庆阳始，秦灭戎渠战马嘘。

刘公岛感怀① 七律

（一九九六年六月）

峰峦叠嶂海清幽，仙逝刘公忆旧忧。

华夏水师抛热血，东山舰艇驱寒流。

北洋遥望营盘老，南海回眸碧草柔。

甲午邓公魂魄在，中华崛起写春秋。

---

① 1996 年 6 月，参加在烟台召开的全国高校编辑学研讨会，游览烟台、威海、大连等地名胜。

蓬莱仙阁 七津

（一九九六年六月）

宝殿高门映碧天，丹崖寺庙宇台连。
蓬莱青草漫山野，长岛浮云聚八仙。
绿树牡丹临绝谷，蜃楼云阁入群燕。
扶桑缥缈银河寂，万里征帆碧海悬。

老虎滩 七绝

（一九九六年六月）

虎石壮观峰万仞，岩礁耸峙净无尘。
遥看沧海徘徊久，满笼花香鸟语亲。

庆香港回归① 杂言诗

（一九九七年六月）

百年一梦风雨断，感慨游子归路。虎门横空，南海激浪，重把离愁
相诉。狼烟起处，故国任宰割，分离最苦。天地蒙冤，长歌当哭泪

---

① 闻大学同学、老班长程相会出任驻港部队首任检察长。香港回归，炎黄子孙普天同
庆，念百年梦想一朝实现，心潮激荡，感慨万千。

如柱。

谁人为我雪耻？喜英杰辈出，碧血如许。驱逐倭寇，气吞强虏，赢得举世敬慕。血肉之躯，把铜墙筑就，谁敢轻举？祖国一统，当借东风舞。

沙　湖 七律

（一九九七年八月）

帆动黄河瀚海西，贺兰苍碧与天齐。
老鹰盘旋朔风泣，芦苇飘摇燕子啼。
柳絮轻飏芳草岸，波涛涌动白沙堤。
雄浑大漠蓝天阔，鸥鸟翱翔万马嘶。

崆峒山 五古

（一九九七年八月）

峰高苍天辽，黄帝问道飘。
昔有广成子，融合三教调。
秦皇慕名逐，汉武挥剑骄。
太宗马政观，众星聚仙桥。
沟壑纵横出，丹霞峰窈窕。
胭脂河水入，泾河白云缭。
危崖突兀起，仙境若缥缈。
七十二洞府，宝殿香火绕。

俯瞰平凉地，风吹雨潇潇。
山川多绿野，搭起彩虹桥。
远眺群山碧，鹰隼冲云霄。
跃上六盘道，天高旌旗飘。

平凉（二首） 五津

（一九九七年八月）

其一

泾水雨空蒙，群山渐向东。
关西飞白雪，塞上入春风。
崆峒耸高塔，华亭筑行宫。
将军骚客去，丝路雨花葱。

其二

义渠乌氏地，烽火塞烟烧。
骠骑过西域，飞将入土窑。
灵台香火绕，崆峒白云飘。
关中连罗马，平凉引为骄。

六盘山（二首） 七绝

（一九九七年八月）

其一

塞上苍颜天雨赐，群山高峻接云风。

六盘古道英雄去，猎猎旌旗夕照红。

其二

丝绸北道兵家地，大汗黄龙梦断空。

领袖抒情歌好汉，红旗漫卷唱西风。

游崂山① 七律

（一九九八年八月）

巨石高悬入海鸥，山川绿谷别孤舟。

鲲鹏展翅凤凰出，嬴政登临百鸟游。

崂顶巍峨沙岸阔，凌烟笔立道观幽。

怪岩礁石飞花落，仰望长天挂玉钩。

---

① 1998 年 8 月，参加司法部在烟台召开的暑期政法院校教学科研工作座谈会，探讨政法院校如何适应市场经济发展，积极改革创新，推进发展，服务中国法治建设的问题。会后，游览青岛、大连等地。

观旅顺军港 七律

（一九九八年八月）

古来要塞黄金筑，难御豪强肆意侵。

猛虎威严军港静，孤山苍翠炮台森。

日俄剑戟天光暗，华夏风雷海色沉。

老铁山高明月照，长空一卧白云深。

韶山感怀① 七律

（一九九九年八月）

碧野苍茫荷影清，竹高秀丽白云萦。

孤峰天籁云霄寂，斑竹韶音百鸟鸣。

舜帝娥英啼泪眼，毛公开慧济苍生。

凤凰唱绝波涛涌，润泽东方领袖名。

---

① 1998 年 8 月暑期，应邀参加中国行为法学年会，游览韶山、张家界等地风景名胜。

洞庭湖（三首） 七绝

（一九九九年八月）

其一

洞庭秋水月徘徊，幕雪江天日景来。

千古岳阳华丽阁，送迎多少将相才。

其二

气蒸云梦见君山，波撼江城似梵间。

自古诵词烟若海，今观湖浅暮云环。

其三

凡人登上岳阳楼，亦学诗家赋别愁。

远眺君山斑竹影，江天一色自春秋。

张家界 五古

（一九九九年八月）

三千砂岩生，峰奇幽谷鸣。

八百秀水碧，清溪山谷横。

浓荫蔽天野，林秀云海迎。

留侯张良影，黄石风雅行。

寨奇幽野静，云雾罩峰林。

金鞭岩高耸，环绕白云深。

俯瞰金鞭扫，清流明镜沉。

索道天梯伏，风声传妙音。

石桥飞凌空，苍岩云中耸。

沟壑纵横出，谷深水波涌。

绝壁罗列阵，众神来相拱。

悬崖山涧险，猴子上下拥。

鹰隼飞翔过，群峰在翻腾。

峰顶悬浮空，极目望雄鹰。

天子景如画，山明碧水澄。

暮迎夕阳落，朝观红日升。

遥忆洪关雪，民瞻贺帅容。

三把菜刀起，大义云中龙。

波澜壮阔业，撼天动地胸。

大美张家界，险峰万千重。

贺龙故居（二首） 七绝

（一九九九年八月）

其一

翠岭洪关雪水涟，潇湘龙虎入山川。

残墙半壁温凉月，风雨桥头路八千。

其二

菜刀两把传奇身，秉性刚强烈火真。

忠烈满门诛逆贼，斑斑血泪虎龙亲。

望南岳（三首） 七绝

（一九九九年八月）

其一

衡山暮色祝融苍，回雁峰高雁相望。

秋染芙蓉湘水激，狂飙怒卷洞庭凉。

其二

南岳峰高天寂寥，云烟相怒雪花飘。

遥看宇宙星辰落，绝顶寒松插紫霄。

其三

洞庭遥望水云南，峻岭崇山接蔚蓝。

万丈清风明月夜，雁回峰转落湘潭。

银　杉 七绝

（一九九九年八月）

身躯高大叶如银，挺拔奇丽势夺人。

绝壁扎根飞霁雪，林涛几处闪波粼。

从军吟 七津

（一九九九年九月）

将军衣锦归乡里，孤寡邻家老泪飞。
春柳絮飘浮绿野，天山雪舞送征衣。
边疆幻梦音书绝，家庙添丁稚子稀。
今日相逢愁未尽，寂寥岁暮故人违。

祁连山（三首） 七绝

（二〇〇〇年七月）

其一

祁连逶迤雾烟漫，远去阳关弱水寒。
河谷幽深融漠野，山川壮丽色如丹。

其二

万里丝绸繁华地，千年冰雪似银滩。
匈奴回鹘乌孙去，天马奔腾配玉鞍。

其三

祁连高耸雪山魂，原始冰川黑水源。
野草丛生花月醉，狼狐遍地鹿羊奔。

肃州（三首） 七绝

（二〇〇〇年七月）

其一

匈奴戎狄远方尘，辽阔河西酒味醇。

阿尔金山飞雪落，鸳鸯湖水碧粼粼。

其二

骠骑挥师敌夜逃，清泉酒洒庆功劳。

歌奴一曲胡笳乐，赢得边城水自豪。

其三

秦月秋风入汉关，神州云散健儿还。

东风满载天兵将，征战疆场海陆间。

凉州怀古（三首） 七绝

（二〇〇〇年七月）

其一

河西要塞柳浪迎，羌笛悠扬雪水泓。

绿野祁连桑梓地，匈奴远去荷花盛。

其二

边月匈奴兵马壮，骠骑马踏驱寒鸦。

左公插柳凉州道，杨柳轻飔映晚霞。

其三

凉州自古精骑绝，马踏飞燕疾若风。

绿野雪山沙漠阔，悠扬羌笛武威雄。

寿鹿山①（三首） 七绝

（二〇〇〇年八月）

其一

寿鹿山巅云与雪，花香溪水静中闻。

龟城难觅钟琪面，游客争看岳祖坟。

其二

戈壁无垠沙似雪，龟城残破战旗飘。

仙踪古洞寻麋鹿，高耸天梯入九霄。

其三

古道朔风天地寂，花香丝路白云飘。

翱翔鹰隼苍山阔，俯瞰龟城骤雨浇。

---

① 暑假回老家，在小弟苟永年等陪同下，登家乡名山——寿鹿山有感。

月牙泉 七津

（二〇〇一年九月）

弯月泓波借佛名，静听流水逐沙声。

风寒吹皱芦花荡，月落飞波大雁惊。

楼阁残烟王母别，渥洼芳草药神耕。

黄沙柳絮漫天舞，梦落敦煌战马鸣。

敦煌感怀① 五古

（二〇〇一年九月）

石窟千佛洞，壁画美绝伦。

张骞出西域，丝路杨柳春。

边陲大漠地，羌戎游牧民。

汉武匈奴扫，打通关外津。

龟兹向大宛，楼兰罗马城。

欧亚连大陆，敦煌最繁荣。

灞桥折柳别，祁连大漠横。

① 甘肃政法学院学报编辑部系全国公安政法院校学报联络中心委员单位，由学校承办全国公安政法学报工作研讨会，邀请周国均、李坤生、陆敏、韩松、王湘林等 50 多名编辑同仁学习、交流。沈亚东院长悉心指导，赵利生、史玉成、任尔昕等积极配合，在经费困难，接待任务繁重的情况下，顺利完成办会任务，并组织与会代表游览兰州、敦煌风景名胜。

胡商与汉贾，丝绸瓷器盛。

东西大碰撞，文化重交融。

敦煌大都会，佛法地位崇。

玉门关山险，阳关大道通。

平民与贵胄，历代戍边公。

佛教兴盛地，祈祷保和平。

大乱到盛世，壁画精品盈。

英雄代代出，归义军威名。

党项西夏烈，民物亦繁盛。

社会腐败生，百姓盼清明。

丝路洒花雨，古道万里程。

千年敦煌梦，炎黄子孙情。

民族大融合，中华大繁荣。

嘉峪关（二首） 七绝

（二〇〇一年九月）

其一

雄关耸立雨花开，西域山风扑面来。

渤海年年鸿雁去，春风杨柳故人回。

其二

西关东望汉唐家，边塞山深锁白沙。

明祖秦皇功德在，今人寒食见烟花。

玉门关（二首） 七绝

（二〇〇一年九月）

其一

日照匈奴疏勒凉，开边武帝建楼堂。

长城逶迤连西域，南望阳关柳絮扬。

其二

千里驼铃响玉关，河仓烟柳泪潸潸。

遥看戈壁黄尘漫，疑是班师骠骑还。

阳关（二首） 七绝

（二〇〇一年九月）

其一

万里阳关大道行，北望胡马玉关凉。

滩头古董苍鹰落，烽遂游人箭币藏。

其二

凭水据川铁石坚，匈奴彪悍雪鹰旋。

阳关西出茫茫地，征战归来洗月泉。

长城感怀（二首） 五津

（二〇〇一年九月）

其一

陆海万重关，云天匹马间。

阴山飘白雪，渤海结冰山。

戎狄挥师去，朝廷逼帅还。

孟姜啼血泣，自改中原颜。

其二

燕山霁雪残，胡马放歌欢。

墙固秦皇筑，关雄烈女叹。

匈奴骑马易，铁勒举兵难。

猎取长城牧，飞花只剩看。

青海湖① （三首） 七绝

（二〇〇二年七月）

其一

公主含悲宝镜凄，神仙日月海湖迷。

祁连幽谷雄鹰疾，绿色高原骏马嘶。

---

① 赴西宁联系甘肃政法学院学生实习事宜，拜访同学李宁、校友邱峰、杭旭等，安排、解决了学生住宿、实习问题，并到青海湖旅游，欣赏高原风景。

其二

辽阔长天碧水穷，雪峰清寂月横空。

归燕掠过青蒿地，游客匆忙夜色朦。

其三

草场遥远野牛骁，彪悍游民吹笛箫。

极目飞翔云中雀，喧嚣鸟岛碧天辽。

昆仑山（四首） 七绝

（二〇〇二年七月）

其一

昆仑神态万山宗，中华文明传祖龙。

奔月嫦娥飞雪落，白蛇盗草入雷峰。

其二

白雪纷纷坠玉林，轻飘王母碧池深。

神仙聚向瑶台阁，豪饮琼浆夜色沉。

其三

万岗荒寂峡沟枯，黑海清瀛雪豹孤。

岩画野牛云雾绕，昆仑泉映圣山图。

其四

华夏昆仑始祖源，三江云水八方奔。

回望四海苍龙灭，浩荡乾坤中华魂。

黄河石林① 五古

（二〇〇三年七月）

北望激流涌，黄河静无声。

群山迎面列，戈壁绿洲行。

暮霭绕四合，炊烟袅袅生。

放眼群山谷，壮观石林横。

黄色砂砾耸，绝壁飞凌空。

山路蜿蜒下，天边夕阳红。

峡谷沟壑伏，峰高摩苍穹。

瞬间显奇观，满眼景玲珑。

步移景色异，远古梦中行。

海陆板块撞，大地露狰狞。

鲲鹏展翅别，雄狮怒吼声。

烈焰狂飙起，林中情侣甍。

水火相激荡，神工鬼斧惊。

乾坤苍茫地，万物栩栩生。

飞雪迎春舞，原野草木盛。

风吹红杏染，龙湾景峥嵘。

大河波涛汹，孤舟残阳中。

秋色碧空尽，岸边水车空。

---

① 甘肃政法学院法学院组织教职工到黄河石林旅游，与李玉基、屈渊、何恩光等游览石林景区。

皮筏飘零去，山村夜色朦。

古朴江南影，大美西北风。

游西湖① 七津

（二〇〇三年八月）

钱塘江畔武林西，三面云湖白鹤栖。

宝玉流霞溪水涌，孤山梅雪夜莺啼。

秦皇揽石音尘绝，武穆精忠战马嘶。

夕照雷峰飞絮白，断桥芳草雨凄凄。

华政有感② 七古

（二〇〇三年十月）

西学东渐圣约翰，校园典雅树新观。

致知笃行育桃李，明德崇法入杏坛。

痛放教鞭几岁月，如磐风雨度艰难。

试看沪上万航渡，苦读灯明到夜阑。

---

① 2003 年 8 月，赴浙江考察，由浙江财经大学组织部部长安排与校长谈话，由学校人才引进办安排在杭州游览参观。经过实地考察，对学校有了更加深入地了解，坚定了调动的决心。

② 曾在华政研究生班读研两年半。2003 年 9 月，赴上海参加甘肃与上海联办的甘肃第一、二层次人才培训，在顾功耘教授的指导下学习 3 个月，参加了学校的教学、科研活动。

金城别^①（三首） 七绝

（二〇〇三年十一月）

其一

五泉清碧水天长，白塔云飞杏子黄。

昔日我来春水暖，而今吾去雪飘扬。

其二

欲别岚山雨空濛，青葱窗外满秋风。

人生无奈多愁绪，岸上徘徊叶正红。

其三

别去黄河大海奔，芳华梦落墨留痕。

蹉跎岁月人相误，何处青山不葬魂。

千岛湖 五古

（二〇〇四年五月）

楼高接云烟，波涌水连天。

黛色远山影，松涛传山巅。

峡谷纵横出，水急波浪旋。

---

① 2004年11月底，通过浙江省人才引进绿色通道重新建档，调浙江财经大学从事法学教学工作，开启了人生的新阶段。

千岛碧峰耸，高空日月悬。

天蓝飘云白，湖水映云杉。

仰观铜官峡，夕照映苍岩。

石壁耸立起，巨龙口中衔。

江山美如画，远征挂云帆。

大明山感怀① 七律

（二〇〇五年五月）

清凉峰碧白云深，耸起山高石谷森。

太祖屯兵人马聚，鲁班算木栋梁禁。

瀑飞百丈珍珠洒，潭静几泓碧水沉。

万岭纵横神态异，天公泼墨月光临。

---

① 法学院组织春游活动，与本院曾章伟、王俊、陈建胜、童志锋、吴伟达博士等游览大明山。

雁荡山① 五古

（二〇〇五年八月）

雁荡山峥嵘，天下享盛名。

东南名第一，胜形华夏荣。

入诗山水碧，才高谢公旌。

山顶芦苇雪，南归秋雁鸣。

紫气来东海，仙山百鸟争。

山深藏古寺，秋色灵峰盈。

插云百岗顶，烟霞峰间行。

天门神仙渡，龙潭碧水清。

面海断崖壁，斧劈千仞雄。

溪水清江碧，台风扫长空。

岩雕画屏出，白龙飞彩虹。

竹帘翠楼掩，云雾在雁东。

峡谷潭水绿，仙桥飞凌空。

风疾白鹭语，古刹烟火胧。

沟壑沙溪水，僧侣修行中。

龙岩待红日，夕阳照寒宫。

---

① 法学院为了提高教学、科研水平，积极举办学术活动，邀请周国均、赵钢、曹明德、史玉成等专家、学者莅临指导，并与本院韩灵丽、茅铭晨、李占荣等游览西湖、雁荡山景区。

天目山 七律

（二〇〇六年五月）

大树参天竹海浮，风骚墨客放歌喉。
西望黄石画屏静，东眺钱塘碧水流。
华盖万山松影动，双眸百谷竹扉幽。
太湖源伏群猴出，白水溪清入梦游。

莫干山（三首）七绝

（二〇〇六年五月）

其一

楼堂绚丽竹清凉，日出东方四野茫。
俯瞰剑池波浪涌，满山青翠淡幽篁。

其二

山峦绵亘烟波淡，踏雾寻声叠瀑间。
夕照映红云径道，楼亭华丽竹墙环。

其三

春光竹海彩云飞，登上苍山乐不归。
碧坞龙潭栽冷杏，清风扑面沐朝晖。

普陀山 七津

（二〇〇六年七月）

佛国天高月五庚，白沙怀抱海鸥鸣。
观音祈福善男伏，香客摩肩信女迎。
仙阁云烟孤石绕，江湖尘火梦魂萦。
梵音掠空涛声急，山寺雄宏法雨盛。

游黄山 七津

（二〇〇七年五月）

黄帝丹炉寄长生，飘然仙境凤凰惊。
重峦叠嶂奇松暗，云海苍茫佛顶明。
梦笔生花凤鸟逐，石猴望海玉人行。
白云远向鄱阳去，飞瀑神龙月影横。

黄山感怀（三首） 七绝

（二〇〇七年五月）

其一

玉屏叠彩名天下，千仞峰岩托石花。

百步云梯凌绝顶，仙人观海唤烟霞。

其二

黄山美景传天涯，怪石奇松似太华。

临谷听涛云海阔，蓬莱三岛托流霞。

其三

黄帝丹炉雪谷沉，奇松苍郁满山林。

禅房佛殿尘埃落，长啸天梯万壑深。

雪窦山 七津

（二〇〇七年八月）

四明独秀玉台单，弥勒慈颜喜笑欢。

祯帝梦应燃佛火，蒋公愁结思筵阑。

翠峦环抱妙台暖，白雪飘零玉阁寒。

家母石牌香火去，飞流直挂白烟漫。

西湖赏梅（四首） 五绝

（二〇〇八年二月）

其一

灵山雪月残，寻得腊梅滩。

清白随人意，天寒鸟影单。

其二

孤山燕子眠，飞雪落渔船。

沙白琼枝碧，红梅月桂鲜。

其三

西泠月影残，梅落雪湖滩。

白鹤鸣亭外，风高宝石寒。

其四

雷峰望玉盘，鸟聚白沙滩。

梅影人烟绝，苏堤暮鼓寒。

三清山 七津

（二〇〇八年六月）

极目横空水相连，葛洪几下入清巅。

信江西去鄱阳涌，仙客东来稚子眠。

玉女画屏描彩嶂，蟒蛇挥泪问苍天。

宝光云海玉京出，路转峰回碧水旋。

婺源（三首） 七绝

（二〇〇八年六月）

其一

飞雪探春竹木凉，东风一夜菜花黄。

山村拥翠云烟淡，一片金黄稻谷香。

其二

烟波一棹春山去，白日迟迟景色濛。

江水清幽樟叶落，杜鹃红透婺溪东。

其三

翠竹樟村野杏盛，古亭闲坐杜鹃鸣。

红星闪闪春光去，徽秀钟灵思口晴。

观鹅湖 五绝

（二〇〇八年八月）

风鸣水上莲，波涌柳荫蝉。

夕照残阳血，天高日月悬。

井冈山（二首） 五津

（二〇〇八年九月）

其一

罗霄碧翠冈，沧海雪中浪。

五井烟霞笼，茅坪竹菊长。

界高秋色淡，坪阔稻花香。

军自三湾改，旗飘华夏疆。

其二

万马聚山冈，红旗雪中扬。

四胜围敌剿，五破逝吾芒。

春雪松飘白，秋风月吹苍。

燎原星火染，华夏换新装。

黄洋界（二首） 七绝

（二〇〇八年九月）

其一

峰峦重叠界之冠，翻滚寒烟雪海漫。

举目崇山千嶂暗，汪洋奔向白云端。

其二

孤岛黄洋雨雪摧，汪洋一片佛光开。

满坡云树排山里，天外朱毛月下来。

太行山（三首） 五津

（二〇〇九年八月）

其一

云卷雪峰呼，松奇娲独孤。

岭藏王氏莽，陉现野飞狐。

东观苍茫海，西望浴血图。

雁门千嶂异，俯瞰万山殊。

其二

西望太行惊，滹沱白岭横。

暖风吹绝壁，寒雪扑京城。

娘子伏皇女，平型杀日兵。

峰墙飘若带，沧海伴征程。

其三

太行日高照，云深似海洋。

孤峰迎面耸，弯月逐空翔。

古筑雄关壁，今摧铁骑梁。

英雄持剑戟，抗战血旗扬。

吕梁山（三首） 七绝

（二〇〇九年八月）

其一

万木争荣三晋雄，绵延千里吕梁隆。

巍峨宝殿春秋月，自古烽烟战火终。

其二

层峦耸翠雪飞寒，毓秀钟灵玉帝观。

远望云山红日落，近观壶口白浪湍。

其三

三晋古风杨柳地，吕梁雄起杏花红。

汾河波涌桑乾去，花信迟来四月中。

望北岳（三首） 七绝

（二〇〇九年八月）

其一

玄岳巍峨岩石叠，天峰秀立逐音尘。

紫荆虎踞金龙绝，舜帝秦皇月下巡。

其二

五岳恒山天在北，重峦叠嶂塞之津。

秦皇东去仙台雪，道界全真气象新。

其三

天峰峡谷翠屏东，绝壁金龙望太空。

杨父家将戎狄去，远山桃柳洞天红。

五台山（二首） 五津

（二〇〇九年八月）

其一

台高传古今，天碧殿森森。

黄庙喇嘛诵，青堂和尚吟。

雨来消寂寞，雪落起凡心。

晴空山门外，钟声月夜沉。

其二

五峰飞雪白，绿野杏花开。

上路来朝圣，登山落俗灰。

殿雄烟火逐，天阔彩云徊。

莫道人生苦，儿男信女哀。

大槐树（二首） _{七绝}

（二〇〇九年八月）

其一

古槐遥望暮云浓，游子思乡水万重。

风雨百年吹不尽，寻根泪洒喜相逢。

其二

古槐挺拔尽沧桑，一脉神情气韵扬。

游子相思羁泊久，梦中洪洞叶正黄。

永泰怀古^①（二首）

（二〇〇九年八月）

_{七律}

烽火祁连雪夜眠，松山策马踏飞燕。

新边逶迤蒙人扰，寿鹿崎岖烈虎旋。

铁骑飞奔传捷报，孤城奋勇灭狼烟。

胡天日暮吹羌笛，一曲悲歌动旱川。

---

① 先祖时进明朝长安人，投笔从戎四十载，在永泰出任指挥使，携栋、梁、才、学四子，征战东西，筑永泰城，后辈便生活、繁衍在此。

七古

龙沙血战空前烈，龟城残破狼烟灭。

良梁杀声惊鞑靼，良才横刀热血绝。

头断颅抛泣鬼神，风寒漠尘明月咽。

丹书铁券难御奸，时进忠烈品高洁。

永泰颂①（二首） 杂言诗

（二〇〇九年八月）

其一

新边逶迤兮，风劲角弓鸣，壮士征战，老虎威严，铁骑奔腾来，长风万里卷黄沙。大漠苍茫兮，古城怅寂寥，百里鸣骹，千里寒鸦，殒命缸子墩，良才单骑传万家。

古城坚固兮，时进指挥使，投笔从戎，运筹帷幄，韬略破敌胆，豪迈悲壮志天涯。松山大捷兮，萧萧朔风寒，都督达云，靖边有功，挥师斩元胡，笛声轻慢气可嘉。索桥古渡兮，大漠千里雪，李公井疆，坠马捐躯，威慑镇鞑靼，布谷滴血映晚霞。

威名远扬兮，岳家军魂飞，边关征战，干戈玉帛，三朝巨擘出，钟琪功名帝王夸。岁月远去兮，长城逶迤来，英雄辈出，永泰城固，滚滚风烟起，金戈利剑保中华。

其二

城楼高耸兮，烽烟随风去，白云悠悠，铁门铮铮，厉兵秣马声，凯

———————

① 2009年暑假，在景泰学车，来先祖征战、家族繁衍生息之地拜访有感。

91

歌远去征战罢。芳华远去兮，尘灰烟火色，壮士孤老，魂魄难归，迢迢儿时路，故园爷娘梦中话。

世代守望兮，屯田居边陲，英雄血泪，大漠空阔，伟业千古魂，舍身化胡为华夏。烽火通达兮，弹指四百年，世代兵户，枕戈待旦，履田列戎忙，寂寞声里婚丧嫁。

老虎威严兮，大漠换新颜，东眺索桥，西望雪山，引黄工程来，大漠戈壁农耕稼。人民功臣兮，续谱写新篇，大公无私，呕心沥血，指挥李培福，面向群众任叱咤。英雄子孙兮，万名建设者，风餐露宿，铁骨铮铮，愚公百姓家，秋收不舍冬春夏。

怀念曹公 七古

（二〇〇九年八月）

大河蜿蜒向北流，两岸干枯水若油。
百姓饥荒度日苦，曹公引水解民愁。
飘尘落去苍天老，饮水思源后人羞。
志士瞑目长夜伏，乾坤朗朗万事幽。

赵家水（三首） 七古

（二〇〇九年八月）

其一

飞雪祁连秋雨暗，健儿西进探通途。
月光山色寒窗侧，大将愁思入画图。

其二

枯岭赵家泉水碧，红军热血染征途。
废墟荒院人不识，将士凄然背影孤。

其三

须眉巾帼同慷慨，一样悲欢赴战场。
热泪凄凄征恶尽，满腔碧血染红妆。

一条山感怀（四首） 七绝

（二〇〇九年八月）

其一

虎豹渡头奔万马，千军浩荡浊浪喧。
尾泉初捷三军去，苦战条山血海翻。

其二

条山飞雪孤城闭，漠野茫茫指向前。
征战河西抛血泪，将军信念铁锤坚。

其三

西征雪月狼烟灭，千里祁连碧血飞。

凶悍马家刀剑舞，尸横荒野几人归。

其四

风劲河西沙似雪，冰山铁马月如霜。

不知日暮身何处，漫漫征途望故乡。

天山吟（三首） 七绝

（二○○九年九月）

其一

西洋风暖吹寒彻，莽莽苍山雪海翻。

星月残阳天地动，长风万里逐河喧。

其二

烽火连天万里关，健儿征战几人还？

旌旗漫卷伊犁雪，羌笛悠扬热泪潸。

其三

昔日凄凉征战地，而今凯旋换新颜。

戍边将士坚如铁，风展红旗满雪山。

贺兰山（三首） 七绝

（二〇〇九年九月）

其一

黄河出谷入银川，远望山雄骏马前。

巴彦铁骑腾跃急，烟尘涌向陇头边。

其二

峰峦重叠石松间，山势巍峨马鹿还。

西入沙荒戈壁莽，向东碧野长城关。

其三

自古征人塞上途，马追飞燕贺兰胡。

近观西夏皇陵月，远眺青铜峡谷岖。

游西溪 七律

（二〇〇九年九月）

蒋村烟雨百花盛，波动鱼游野鸭鸣。

惊马高宗愁绪扫，龙驹留下笑颜生。

溪流伏出芦花扑，沼泽沉浮白雪迎。

竹影孤舟飞絮逐，荷塘南宋月光明。

人生杂感（五首） 七绝

（二〇一〇年三月）

其一

鹅湖纵论鸭骄横，时有书山空客行。

沧海寂寥风雨激，一声唱罢杏坛惊。

其二

燕子衔泥飞水榭，北山桃李杏坛开。

农家三月花看尽，遍植桑麻中国槐。

其三

雨骤秋风雪夜寒，河清明月挂银滩。

屋贫陋室黄粱梦，幻化繁星戴帝冠。

其四

怅忆兴安冰雪地，临风玉树对天歌。

少年不解愁滋味，指点江山奈我何。

其五

芦苇轻摇借信风，群鸦鼓噪向天冲。

青松挺拔千秋雪，大漠苍凉战马雄。

天台山（二首）七律

（二〇一〇年五月）

其一

健步天台俯首看，山峦滴翠野花漫。

华巅秀色紫烟淡，龙脊苍穹骤雨寒。

古木参天凌空掠，奇峰突兀石梁湍。

小溪跌宕杜鹃泣，飞瀑悬崖挂石盘。

其二

杜鹃竞放万奇葩，钩伏虬枝碧若霞。

秀竹茂林环五岭，小溪绿水绕平沙。

济公故里袈裟影，僧众天台布衣家。

自古国清雄佛界，寺成第一传天涯。

夜观杭州湾 七律

（二〇一〇年五月）

岸上琵琶落雨花，黄鹂寂寞扑青蛙。

清风入水吹江月，骤雨连波映彩霞。

荷叶玉亭茅草伏，钱塘日暮影楼斜。

港湾平阔夜潮逐，江水东流出白沙。

盐仓观潮① 七津

（二〇一〇年八月）

巨浪狂澜战鼓开，排山倒海浊涛来。

潮奔一线千堆雪，浪卷回头万丈雷。

八月风高秋海怒，儿郎旌猎大潮催。

弄潮自古钱塘出，万众争先向钓台。

盐官怀古 七津

（二〇一〇年八月）

雪浪凌空波谷涌，千年古镇海盐丰。

晨钟悠缓乾隆悦，灵塔寥萧恶鬼凶。

阁老府深烟紫散，帝师湖浅雾岚重。

鱼鳞石筑长城伏，犹闻毛公观海容。

① 钱塘江潮中外闻名，近年中央电视台都来实况转播。常与同事赵映诚、孟宪虎、田家官、葛夕良、王斐弘、汪公文、崔大树、陈晓雷等教授观看盐仓回头潮。

富春江 七津

（二〇一〇年九月）

壮丽山川峡谷幽，碧蓝秀色目含秋。
古村繁华波涛涌，江水清凉燕子悠。
乡野绿春明镜落，严台垂钓鲤鱼浮。
千峰倒影龙舟舞，七里扬帆野渡游。

龙门古镇 七津

（二〇一〇年九月）

龙潭飞瀑石梁横，天佑孙权故里荣。
山岭逶迤田野静，水波翻滚绿浪行。
民居古朴石桥伏，古塔沧桑夜雨迎。
十里扬帆舟一叶，富春寂寞听蛙鸣。

岁月感悟 杂言诗

（二〇一一年五月）

人生岁月两茫茫，岁月如歌，人生似梦。美在何方？脚下坎坷孤自赏！纵有春风得意时，雾中花，难见天光。

名利幽梦难割舍，老眼昏花，东奔西忙。梦在何方？痴人寻得满庭芳！纵是菊花铺满地，南柯梦，一枕黄粱。

骊山感怀（二首） 七绝

（二〇一一年八月）

其一

骊山耸立长烟横，千里诸侯听笑声。

褒姒幽王烽火去，人生家国警钟鸣。

其二

秦汉桃花寂寞开，如磐风雨故人来。

帝王含恨英雄去，烽火狼烟萦古台。

兵马俑（二首） 七绝

（二〇一一年八月）

其一

骊山苍翠渭河寒，兵马迷踪昨日看。

功傲秦皇天下绝，千年陵墓雨烟残。

其二

秦皇霸业九州扬，十万雄师浴血疆。

东海寻仙魂魄散，骊山兵俑梦黄粱。

华清池（二首） 七绝

（二〇一一年八月）

其一

骊山幽静长歌起，风雪华清柳絮飞。

在上玄宗鼙鼓动，贵妃悲泣久不归。

其二

华清池浅帝陵残，倾国名花带笑看。

心切蒋公天下霸，张杨兵谏莫空叹。

华山（二首） 五津

（二〇一一年八月）

其一

岩耸渭河沉，盛名传古今。

莲花飞雁序，栈道弄琴音。

登上苍龙脊，穿行石谷林。

华山看论剑，海市蜃楼森。

其二

莲花白石观，雪拥雁飞寒。

俯首黄河曲，抬头月影残。

沉香行孝道，巨斧劈山冠。

天际高寒处，星河夜正阑。

汉中（二首） 五津

（二〇一一年八月）

其一

自古兵家地，盛名楚汉荣。

北依秦岭峻，南望蜀山横。

汉水丹心在，嘉陵雪夜行。

葱茏天府国，锦绣旱莲城。

其二

古有汉王风，秦巴景色朦。

留侯谋国略，诸葛尽臣忠。

韩信流腔血，曹刘掠汉宫。

闯王奔马去，谁念子文功。

张骞 七绝

（二〇一一年八月）

古柏参天水若烟，冷台石虎等千年。

亚欧丝路重开启，再唤张骞入雪巅。

延安（二首） 五律

（二〇一一年八月）

其一

边塞绝芜贫，原高气象新。

南降关中雨，北吹横山尘。

昔闻闯王剑，今看中国人。

黄天连厚土，烟雨润清晨。

其二

胡马塞边横，云高海上生。

盘龙薪火传，卧虎雨烟晴。

草绿延河道，霞披宝塔城。

千军随影去，大捷报三庚。

法门寺（二首） 七绝

（二〇一一年八月）

其一

轰然崩塌现真身，佛祖光芒舍利尘。

圣冢道场宏佛法，奇珍异宝莫惊人。

其二

佛祖皇家法寺荣，西天舍利四方倾。

千年风雨多遭劫，几度荒芜又复生。

峨眉山（三首） 七绝

（二〇一一年九月）

其一

峨眉山月似银盘，金顶空灵雪霁寒。

不与群峰争峻险，云鬟凝翠步姗姗。

其二

石径盘旋上碧霄，重岩叠翠落英飘。

山藏伏虎迎飞雪，蜀中峨眉佛国骄。

其三

明月苍茫雪海翻，连绵沟壑竹松喧。

峨眉远眺关山险，天路横空蜀道奔。

武当山（三首） 七绝

（二〇一一年九月）

其一

千峰万壑雪松倾，金殿登高紫禁宏。

险道鹤飞凌绝顶，悬崖峭壁洞天明。

其二

玄岳盛名日月尊，道家仙迹武林魂。

皇家庙破银河落，太极三丰武当门。

其三

少林武当逐雄冠，西岳峰高绝顶看。

皇室明灯随佛影，日轮旋转紫霄寒。

庐山感怀 五古

（二〇一二年五月）

山奇面目雄，隐在浓雾中。

大江波涛涌，匡庐盛名崇。

群峰孤傲耸，汉阳插苍穹。

沟壑幽深激，鄱阳烟雨濛。

峭壁飞瀑布，奇峰竞峥嵘。

湖中翔白鹤，山涧云雾生。

忽晴忽风雨，变幻莫测行。

登高美庐出，壮哉牯岭迎。

林荫秀谷翠，卢林湖水溶。

玉屏黄龙寺，潭水树影浓。

野风红山杏，山岗盘卧龙。

花开锦绣谷，采药觅仙踪。

神龙救太祖，仙家临险峰。

天生仙人洞，岭扎苍劲松。

夕阳无限好，暮色映龙钟。

人聚悬崖伏，御碑慕仙踪。

康王伏沟谷，桃花醉陶令。

瀑布临绝壑，红日乾坤倾。

谷深萤火闪，恍若佛灯明。

天出谷帘碧，品茶近五更。

不知何时节，花鸟漫山亲。

微风松涛起，湖上波粼粼。

梦里脱俗去，七彩祥云巡。

凌虚阁上影，不愿下凡尘。

鄱阳湖（三首） 七绝

（二〇一二年五月）

其一

落霞孤鹜楚山空，秋水长天绝壁东。

一曲滕王飞阁序，白云千载乐无穷。

其二

鄱阳浩渺浊浪惊，雾锁匡庐日月倾。

物换星移孤影去，远山薄暮旅人行。

其三

碧波千里觅要津，水咽山雄雪似银。

故国素装烽火去，鄱阳一片水粼粼。

日本掠影① （八首） 七绝

（二〇一三年八月）

其一

长风千里杭城别，天海苍茫入帝京。

满眼大和云与月，樱花红陌异都行。

---

① 2013 年 7 月，浙江财经大学法学考察组访问日本，与庆应义塾大学、法务省等进行学术交流，并到京都、奈良、大阪等地参观考察。

其二

瀛洲孤寂飞云白，明月烟涛夜色微。

几度唐风春水绿，大和梅雪雨燕归。

其三

扇悬东海熔岩瀑，放眼关东角鼓鸣。

富士孤峰飞雪白，和歌尺八大唐情。

其四

高耸芙蓉碧空横，皑皑白雪烈鹰鸣。

倒悬玉扇樱花绕，日丽和歌太鼓声。

其五

火焰冲腾烈日狞，海天遥闻大鹏惊。

云遮富士丽湖行，三伏炎炎白雪晴。

其六

暮野苍茫夜色胧，京都雪月古唐风。

寂寥幕府浮云去，空阔岚山雾里宫。

其七

德川幕府华丽阁，宫阙楼亭雪雾重。

水复山环城郭阔，侯门似海锁龙钟。

其八

大阪樱花燕舞音，三都盛迹月西沉。

万千商贾繁华节，石叠三重话古今。

金阁寺 七津

（二〇一三年八月）

将军别墅玉奢宫，风雨飘摇古刹空。
金阁云深春草绿，镜湖水碧落枫红。
镰仓琼阁寒烟灭，幕府苍松白雪终。
明月梵音飘入海，扶桑向日大唐东。

游岚山 七津

（二〇一三年八月）

群山如黛白云浮，红陌樱花碧野幽。
春绿杜鹃登石谷，秋降霜雪下沙洲。
阳光一线穿云出，绿水千帆破浪游。
诗意周公磬石刻，小溪万古逐清流。

奈良怀古（四首） 七绝

（二〇一三年八月）

其一

大唐风雨化胡程，南眺和歌锦瑟鸣。

山寺庙堂楼阁古，苍松翠柏满京城。

其二

大和古韵盛唐荣，梦入长安锦绣城。

东渡鉴真传佛法，丝绸花雨洒东瀛。

其三

孤篷万里海东头，云影涛声雪夜幽。

唐使鉴真传戒去，西望明月梦扬州。

其四

遣唐仲满奈良魁，科举朝堂进士才。

明月长安魂魄住，望乡吉野雪花开。

嘎仙洞怀古① 五古

（二〇一四年八月）

苍松满翠岗，芬芳松脂香。

阿里波涛涌，甘河水清凉。

茫茫兴安岭，山高白云翔。

溪流嘎仙洞，野花遍地长。

传说雪原阔，银色林海装。

恶魔戕人烈，仙人除祸殃。

麋鹿奔驰走，山民得安康。

白桦婷婷立，芬芳达子香。

拓跋鲜卑祖，摩崖石刻详。

洞深幽暗处，神秘莫测光。

威严肃穆静，恐慌四处藏。

原始古朴洞，神奇有斜阳。

虔诚人祭拜，仿佛中书郎。

皇天佑先祖，万物得生长。

走出原始谷，草原大无疆。

大漠群雄扫，遍地建佛堂。

中原北魏雪，掀起重重浪。

---

① 离别大兴安岭近三十年，2014 年 8 月 2 日，携家人重返加格达奇。拜见了老同事，话语投机，十分快乐。8 月 5 日由老庭长王林富驾车，与同事李宝友共游嘎仙洞。

兴安感怀① 杂言诗

——和左旦平君

（二〇一四年八月）

　　重登兴安岭，碧绿翠岗苍。北山寻梦，故地无处话凄凉。谁信春风常驻，鲜卑山下城郭，山花烂漫长。雄心常唤起，无力射天狼。

　　晚秋里，夕阳下，愁无缰。白桦好景，美人落叶绕河塘。堪笑岁月蹉跎，梦里甘河杜鹃，寂寞走钱塘。莫问此时情，岸上观残阳。

呼玛尔河（二首） 五津

（二〇一四年八月）

其一

梦幻高寒地，烟波浩渺天。

春风吹绿野，薄雾罩孤船。

白桦红松立，飞龙燕子眠。

连绵林若海，溪水满河川。

其二

呼玛清流阔，溪弯雪水涟。

漫山樟子绿，遍地野莓鲜。

---

　　① 离别大兴安岭近三十个年头，2014 年 8 月 2 日重返加格达奇，拜访同事，回首往事，恍若昨日。微信群中读到中南林业大学左旦平教授回忆东北的诗词，作诗应和。

雪兔狍群去，苍鹰烈虎旋。

鄂伦春色美，满眼桦皮船。

加格达奇（二首） 五津

（二〇一四年八月）

其一

兴安冰雪岭，城小若船帆。

麋鹿回林海，溪流出石岩。

飞龙多唧唧，鹰隼少喃喃。

默默耕耘者，家家植雪杉。

其二

绿野樟松地，盛开野菊花。

春风吹白雪，秋水映朝霞。

山缓多楼阁，溪宽少鳖虾。

甘河东逝水，暮色照人家。

漠河（二首） 五津

（二〇一四年八月）

其一

高寒绿色疆，七彩空中翔。

瑞雪燃灾火，清风送湿凉。

漠河留噩梦，北极结寒霜。

炼狱风吹去，漫山达子香。

其二

边疆风雨聚，千里兴安幽。

北望鲜卑地，南寻白雪洲。

漠河阿木尔，北极老金沟。

布谷声声里，龙江碧水流。

塔河（三首）七绝

（二〇一四年八月）

其一

三十年前风与雪，塔河若玉月如霜。

而今秋色君不见，零落知交远故乡。

其二

一路秋风入海涛，塔河弯月雪楼高。

鸟惊林暗时光去，满目苍松一树桃。

其三

逆天灾火烈阳烧，炼狱生灵炭色焦。

人间哭声淹美丑，旧符换去杏桃娇。

呼中（二首） 七绝

（二〇一四年八月）

其一

雪原空阔铁龙嘶，碧水苍山马鹿啼。

一片石林悬壁耸，隔窗远眺雾凇凄。

其二

白山苍莽极高寒，呼玛冰河碧水滩。

雪海密林驯鹿去，冷泉暗渡涌波澜。

南瓮河 五津

（二〇一四年八月）

兴安玉岭横，南望嫩江明。

河曲沙洲暗，川平雪岭晴。

白云流水静，麋鹿老鹰鸣。

湿地高山雨，波涛涌雪城。

从加格达奇到海拉尔 七津

（二〇一四年八月）

甘河奔涌杜鹃催，针叶苍松雪域栽。

原始林茫溪水伏，崭新玉阁梦乡开。

冰峰玉岭清风吹，山谷云天白雪来。

寒谷岭高林海阔，夕阳西下鸟徘徊。

阿尔山（二首） 七绝

（二〇一四年八月）

其一

青山碧水白云沉，峭壁松奇雪谷深。

地裂岩崩汹涌去，沧桑美梦到如今。

其二

兴安岭秀草原凉，霜洒秋风染彩装。

深壑老林池水阔，人间仙境在边疆。

莫尔道嘎（二首） 七绝

（二〇一四年八月）

其一

满目苍松碧水流，微风吹拂白云悠。

天高地远听童话，俯瞰龙岩五彩秋。

其二

林海森工马鹿鸣，溪流十里碧湖行。

谷空云路魂飘去，白桦樟松绿满城。

观宁远古城有感① 七津

（二〇一四年八月）

风雨飘摇夜梦牵，袁公凌辱世人眠。

君高宠信佞臣乱，英杰磨难黑白颠。

雪压古城昂首立，海擎苍石断崖悬。

百年逐梦尘埃落，洗雪冤情又一篇。

---

① 暑假在辽宁兴城拜会原大兴安岭中级人民法院同事，参观宁远古城，有感而发。

北戴河（二首） _{七绝}

（二〇一四年八月）

其一

皇家风水百年宜，凤阁龙宫世称奇。

古木森森滨海阔，官家禁地事迷离。

其二

大雨幽燕海浪巅，千年魏武一挥鞭。

浪淘沙尽英雄去，人间春光劲舞翩。

秦皇岛 _{七绝}

（二〇一四年八月）

秦皇碣石有临痕，缥缈长生看子孙。

魏武挥鞭天下夺，太宗祭拜帝王尊。

承德（二首）七绝

（二〇一四年八月）

其一

紫塞明珠避暑园，皇家禁地客尘喧。

灵霄翠谷奇松碧，四面云山景色盆。

其二

行宫高耸碧湖葱，西岭云山夕照红。

冷水热河几度雪，烟波翠谷木兰空。

登泰山有感（三首）七绝

（二〇一四年八月）

其一

气势雄宏泰岳空，秦皇封禅帝臣崇。

白云雪雾侵天顶，迷惑王权百姓聪。

其二

鸿儒望岳眼眉低，今古豪歌华丽迷。

狂若诗仙才自愧，颂吟佳句胜骚兮。

其三

瑞雪纷飞涧水潺，谷深松劲鸟悠闲。

摩崖一路弦歌颂，齐鲁文骚唱客还。

观杜甫草堂感怀① 七津

（二〇一四年十月）

华丽新装流水咽，锦官翠竹浣花溪。

西山积雪秋风冽，茅屋飞尘万木嘶。

孤老心焦呼鸭逐，童顽性劣学莺啼。

无端琴瑟亭台阔，诗圣回眸泪眼凄。

武侯祠（二首） 五津

（二〇一四年十月）

其一

锦里人如织，旗飘蜀上林。

赵云冠俊气，诸葛诵君音。

玄德谋正统，关张结义心。

庙堂雄士聚，忠义古来吟。

其二

祠堂古道深，松柏树幽森。

锦里飘云去，楼台墨客临。

卧龙天下计，玄德草庐心。

尽瘁身先死，英雄泪满襟。

---

① 与本院于雪锋、金文静博士参加中国民法学年会，游览重庆、成都名胜。

都江堰（二首） 七绝

（二〇一四年十月）

其一

雪涛拥翠啄鳞开，玉垒鱼鳞水折徊。

堰阔落霞秦汉月，胸怀豪气晚风来。

其二

岷江天际雪浪来，笼石飞沙玉垒开。

太守李冰神斧起，绿桑天府百花栽。

乐山大佛 七绝

（二〇一四年十月）

弥勒凌云出碧冠，狂飙搅起满江澜。

巨龛容得唐家佛，信女骄男乐感叹。

五指山① 五古

（二〇一五年二月）

层叠群山傲，托起海南岛。

绿水山色影，五指苍天老。

江河聚源头，瑰丽风光好。

花树芳草碧，天桥自然造。

神童仙女来，花瓣洒山道。

花香蜂蝶舞，遗忘无烦恼。

水满河清澈，山高白云抱。

黎村翠竹间，四面云影稻。

夏无酷暑日，冬有百花草。

山地生态美，遍地都是宝。

东山岭 七津

（二〇一五年二月）

佛国东山万载根，丹崖耸翠石飞奔。

三峰万仞笔锋伏，百洞千寻海浪翻。

眺望瑶台仙子去，近观丹灶阁楼存。

佛家繁华云烟绕，一镜通幽小海喧。

---

① 寒假到海南度假，在小镇的街上碰到中学同学赵晟，交谈后得知，他也住在同一小区，同学相见，十分高兴。

万泉河 五古

（二〇一五年二月）

五指入仙境，万泉河水清。

雄峰巍峨立，峡谷水轰鸣。

云海时隐现，神工鬼斧惊。

身边彩蝶舞，花鸟道旁迎。

山高浪湍急，水静波盈盈。

飘入文宗渡，梦回忆大明。

山高河水长，坡缓木棉盛。

演兵出山寨，椰林有杀声。

娘子军歌嘹，天下扬威名。

玉带博鳌碧，传奇显峥嵘。

祭母辞① 五古

（二〇一六年四月）

慈母驾鹤去，儿女感伤别。

年年清明节，每每梦中咽。

花开柳絮落，伤逝肝肠裂。

人生呼无助，悲愤天地切。

---

① 母姓甘，名富梅，生于 1934 年，性格刚强，一生勤劳，扶老携幼，堪称贤妻良母。

辽阳白塔 七绝

（二〇一六年八月）

西寺辽风暮雨和，摩天八角燕高歌。
千龛迎面佛端坐，遥想苍生旧事多。

本溪水洞① 七绝

（二〇一六年八月）

太子河清碧水凄，人游舟泛燕飞啼。
梦飘仙境蟾宫阔，钟乳奇峰玉洞迷。

抗美援朝英雄赞 七津

（二〇一六年八月）

其一

鸭绿清幽飞铁壁，岸英逝去百花焦。
千年烽火红尘暗，万代江山赤子骄。
锦绣三千埋傲骨，长城万里入云霄。
古来俊杰多磨难，中华英魂不寂寥。

---

① 暑假，携家人在表弟解明建等陪同下游览本溪水洞。

其二

英烈舍身悲壮去，争来家国和平兴。

止戈为武主正义，抗美援朝射秃鹰。

背信联军挥长剑，赤诚朝中点明灯。

丹心碧血光阴逝，莫忘长津哭大鹏①。

长白山天池② 五古

（二〇一六年八月）

群山白雪巅，宝镜生紫烟。

岩壁云中耸，龙潭碧水旋。

地灵浮白玉，峰耸托镜天。

云端飞流挂，石崖霜叶妍。

浪涌牛郎渡，流激穿石泉。

山川通大海，青翠鸣杜鹃。

中秋听潮 七津

（二〇一六年十月）

三秋恰半夜潮鸣，明月钱塘海上生。

星港桂花初绽放，岸边水榭入和声。

---

① 大鹏是指英雄即志愿军，特别是牺牲、冻死在长津湖战役的英烈。

② 暑假，携家人在表弟解明伦陪同下游览鸭绿江、长白山天池。

月升玉笛余音绕，君思华年热泪盈。

独醉高楼秋水碧，天涯共此故人迎。

岳庙感怀 七津

（二〇一七年四月）

石山藏宝雾中寻，报国精忠武穆吟。

千古奇冤人雪耻，万民敬仰士忠心。

跪门秦桧腥风烈，飘雪风波血雨沉。

浪涌西湖环岳庙，英雄泪洒满衣襟。

武夷山（二首） 五津

（二〇一七年五月）

其一

丹霞白雪悠，绿树满汀州。

佛俗栖身地，三教合统楼。

高人文杰去，武将士臣休。

岩骨亭台月，茶香九曲流。

其二

风怒响惊雷，山幽皓月来。

文公精舍竹，后士栋梁材。

九曲浮云逐，神仙仰慕回。

古闽天境阔，白雪独徘徊。

鼓浪屿 七绝

（二〇一七年五月）

其一

花园静寂色如初，红瓦天高照顶庐。

弯月日光滨海秀，郑公远眺玉山居。

其二

春暖花开明月夜，风来潮去化安澜。

鹭鸣鸥叫浪声鼓，巨石惊涛固若磐。

鼎湖峰 七律

（二〇一七年七月）

春笋苍岩接碧天，奇松翠柏满山巅。

神龙风雨灭天火，黄帝丹炉喷地烟。

宝剑锋芒金石断，寒亭高耸白云连。

练金溪畔游人织，俯瞰仙都绿野鲜。

长安船闸 七绝

（二○一七年七月）

运河千载大唐风，船闸遗痕别客空。
舟入长安天色暗，舳舻声里古城朦。

太湖（三首） 七绝

（二○一七年七月）

其一

江南一碧太湖茫，绿水盈塘柳岸香。
日暮苍山仙子舞，春涛鼋渚百花芳。

其二

震泽连江夺海声，碧波万顷白云生。
翠微满目溪流曲，柳逐姑苏月色明。

其三

钱塘潮卷太湖开，万顷波涛竹木摧。
海上鱼鳞飞铁壁，浊浪偏向钓鱼台。

兰州夏日 七绝

（二〇一七年八月）

柳舞娇莺学陇腔，绿浓风急扑纱窗。

雨停天碧人清爽，白塔斜阳彩练降。

金城公园（二首） 七绝

（二〇一七年八月）

其一

昔日高炉炭火飞，而今浓影蔽晨辉。

黄河奔涌流云去，绿水青山雀鸟归。

其二

昔日荒凉岭色焦，而今山绿白云飘。

黄鹂鸣翠燕飞舞，远眺苍鹰在碧霄。

观景泰大敦煌影城（二首） 七绝

（二〇一七年八月）

其一

丹霞残破彩虹空，寿鹿山遥月夜朦。

横店雄宏敦影陋，胡天边塞吹寒风。

其二

戈壁荒滩名水爹，西望寿鹿少人家。

花开雨洒乡村石，山下敦煌起彩霞。

缅怀西路军（二首） 七津

（二〇一七年八月）

其一

虎豹横流寒若雪，雄师浴血葬忠魂。

条山初战锋芒毕，黑水冰封赤胆温。

月照祁连心欲裂，兵分红石战旗存。

健儿两万征衣碎，杀出重围血海翻。

其二

巨浪咆哮兵匪恶，万千将士渡河征。

漫长古道军号咽，萧瑟寒风战马鸣。

血祭高台身首断，魂飞大漠鬼神惊。

浮云惨淡旌旗烈，今日犹闻杀贼声。

索桥古渡（二首） 七绝

（二〇一七年八月）

其一

黄河奔涌水哀咽，大漠孤烟落日圆。

东去长安明月照，西望万里雪山连。

其二

朔风萧瑟面沧桑，古道驼铃陇笛扬。

烽火残垣天壁立，索桥梦断起波浪。

日月山（三首） 七绝

（二〇一七年八月）

其一

血染山孤红日落，东沟明月起湖滨。

唐蕃古道通天际，藏汉千年睦若邻。

其二

丝绸铺向吐蕃城，公主徘徊赤岭横。

抛镜西望羌道漫，故乡泪别月光明。

其三

赤岭山间雨雪喧，会盟茶马和亲繁。

而今雪域高原月，飒飒秋风铁马奔。

茶卡盐湖（三首） 七绝

（二〇一七年八月）

其一

昆仑高耸白云家，泪洒天寒凝雪花。

一片银波天镜落，春来雁阵入芒涯。

其二

雪花飘洒入盐沙，倒影繁星落满家。

洁白祁连天寂阔，汤汤湖水映朝霞。

其三

雪山环抱艳阳高，水满盐仓碧海熬。

剔透晶莹天镜出，梦幽蓝洞起波涛。

火焰山（三首） 七绝

（二〇一七年八月）

其一

赤石风吹热浪侵，葡萄坎井绿波沉。

天高日出无飞鸟，一片青幽万里寻。

其二

天高神火借东风，欲灭群魔夺地宫。

沟谷烽烟煤石滚，悟空借扇祝融攻。

其三

葡萄沟狭绿荫浓，坎井幽深雪水丰。

崖壁如屏回热浪，蔓藤层叠树葱茏。

坎儿井（三首） 七绝

（二〇一七年八月）

其一

烈焰蒸腾草木烦，蒲昌南北热浪翻。

坎渠雪汁天山伏，瀚海茫茫碧水喧。

其二

坎井深幽传汉颜，润滋戈壁绿洲环。

楼兰海阔终飘去，徒有繁华绝九寰。

其三

沧海桑田万物沉，楼兰城阙苦难寻。

唯叹坎井清流出，汉武屯边传古今。

赛里木湖（三首） 七绝

（二〇一七年八月）

其一

西风无力赤松呼，骤雨随风落泪珠。

一滴紫清天子目，雪峰净海见蓝湖。

其二

东来紫气染花黄，一行天鹅水上翔。

净海云蒸霞蔚影，春风淡墨冷鱼香。

其三

冰川耸立色斑斓，雁阵高翔绿草环。

碧水满湖王母醉，牛羊一路下天山。

大漠胡杨（三首） 七绝

（二〇一七年八月）

其一

铁骨虬枝面色沧，苍茫漠野傲风霜。

孤身苦与沙魔斗，地老天荒叶脉扬。

其二

夕阳如血笛声扬，古道茫茫雪水凉。

极目孤林胡叶舞，逍遥自在奏华章。

其三

千年傲骨树王高，枝叶凌云显自豪。

古道驼铃摇碎月，沧桑枯木雪鹰翱。

兰山感怀 七津

（二〇一七年九月）

暮色兰山淡紫烟，三台孤耸夕阳悬。

近观碧野槐花落，遥望荒原烈火燃。

远去左公栽杏柳，飞来骠骑踏云燕。

青山寂寞鸭凄戚，万鸟高飞入夜眠。

重阳感怀 七津

（二〇一七年十月）

重阳赏菊上高台，月夜吟诗举酒杯。

落日余晖迷燕雀，秋风弄影染宫槐。

江天暮雨夜潮去，故旧新朋梦幻回。

萧瑟钱塘黄叶落，从来篱菊为君开。

参观农讲所① 五古

（二〇一八年二月）

岁月波涛涌，时势造英雄。

俊杰向辈出，勇士举长弓。

持剑羊城聚，红墙番禺宫。

苍翠云山白，宏论伟人崇。

唤醒工农志，救国真理融。

木棉红似火，革命第一功。

瞻仰先烈墓 七津

（二〇一八年二月）

白云山耸石岗崇，花落羊城绿野东。

民贼独夫屠斧落，同盟共产血身终。

桃花溪谷遍山血，婚礼刑场一片红。

岁月沧桑多俊杰，木棉夕照拜高风。

---

① 2018 年 1 月 22 日从杭州到海南岛度假，转道广州，参观毛泽东同志主办农民运动讲习所旧址纪念馆。

分界洲 七绝

（二〇一八年二月）

天工造化显神功，同域人文异样风。
牛角椰林云上望，岭南日照北山濛。

游韬光寺 五津

（二〇一八年四月）

茶香入禅扉，天碧白云飞。
重岭环西子，孤楼映翠微。
梵音飘九野，华阁落余晖。
虎猛登高石，心沉寂寞归。

岁月如歌^① 杂言诗

（二〇一八年七月）

黄河奔流，祁连逶迤，白云悠悠，三泉如银清如许。同学少年，学工学农，锄头钢枪，红旗西风绘宏图。芳草斜阳，校园田野，寻常街巷，塞上黄土起民居。遥想当年，悬梁刺股，英姿勃发，争锋气概猛如虎。潜龙腾渊，乳虎啸谷，文理互动，赢得状元频频顾。

四十余载，梦中犹记，同侪夺魁，清华北大金桥路。而今回首，吾辈及第，马兰青翠，桃李芬芳杨柳树。苍凉河西，陇上立业，京城扬名，同学辛劳多甘苦。钱江弄潮，蜀道峥嵘，群英辈出，建功立业路崎岖。陇山苍翠，石林竞秀，学子暮年，岁月如歌春常驻。

大禹陵 七绝

（二〇一八年八月）

会稽山麓白云兴，千古秦皇祭禹陵。

国祖功劳天下闻，庙堂高挂夜明灯。

---

① 中泉中学创办于 1958 年，原名白银六中，景泰于 1963 年被划归武威地区后，改为景泰二中，70 年代又称中泉中学，1979 年在景泰一中部分师资与中泉中学高中原有师资力量的基础上创办了景泰二中。学校培养了一大批人才，不仅涌现出大量的专家、学者、教授、科学家、企业家、工程师、律师、法官、检察官、市长、厅长、大学校长，更有让校友们引以为豪的军人、将军及获一等功臣称号的英雄。值 1978 级同学毕业四十周年之际，恰逢学校六十周年校庆，回首往事，心潮澎湃，展望未来，感慨万千。

游兰亭（二首） 七绝

（二〇一八年八月）

其一

兰渚清幽圣手坛，越王勾践水栽兰。

汉家苑里名家聚，曲水流觞折桂冠。

其二

兰亭精妙冠书林，殉葬唐宗绝世音。

墨静池深颜色淡，挥毫嬉戏揣君心。

观鲁迅故居（四首） 七绝

（二〇一八年八月）

其一

青瓦粉墙吴越景，仪门重叠显翰林。

先生命里韶华逝，香火堂前听梵音。

其二

白墙乌瓦江南月，显赫豪门万世春。

一棹烟波魂已逝，兰亭落木会稽沦。

其三

百草青葱心有梦，桌题早字勉为勤。

少年无虑长天阔，三味书窗望白云。

其四

先生傲骨佞臣怨，俯首横眉敢谏言。

别去故园身不返，一腔热血荐轩辕。

游沈园（二首） 七绝

（二〇一八年八月）

其一

沈园依旧逐浪旋，半壁亭旁采荷莲。

八咏楼高孤鹤去，陆唐凄绝笛声咽。

其二

伤心桥下泪花终，唐陆悲鸣雪夜朦。

燕子朝朝来水榭，柔情凄绝月台空。

游鉴湖（二首） 七绝

（二〇一八年八月）

其一

鉴湖水碧月宫宁，波动南洋映空灵。

秋色柯岩船上见，五桥步月入仙庭。

其二

白玉长堤吹笛箫，葫芦青翠碧天辽。

南洋秋泛燕鸥乐，芦荡乌篷水中摇。

南北湖 七律

（二〇一八年九月）

一路清风绿野行，谈仙岭访石头城。

鲍堤横贯西湖影，蝴蝶徘徊月露名。

白阁凌空云岫耸，鹰窠极顶海山晴。

钱塘俯瞰大潮涌，跨海飞龙白鹭惊。

红旗渠感怀（三首）七绝

（二〇一八年十月）

其一

十载春秋万里歌，悬崖绝壁凿天河。

潺潺流水清如许，碧血娇容雪雨过。

其二

山高涧狭水如油，国难民艰盼尽头。

流血愚公要换地，天庭派佛解忧愁。

其三

祭杨天泪太行苍，冰雪催人逐激浪。

悬吊羊成清乱石，英雄蒙难忆思殇。

望中岳（三首） 七绝

（二〇一八年十月）

其一

中岳山苍半月高，松寒云海起波涛。

秋风黄水尘埃落，弟子沙门夜舞刀。

其二

嵩山环睨少林园，寺庙寒星日月繁。

雪满禅宗飞白塔，善男信女诵经喧。

其三

日暮山葱骤雨还，数峰清瘦水流潺。

彩虹飞向龙潭去，客坐楼台展笑颜。

焦裕禄（二首） 七绝

（二〇一八年十月）

其一

林海苍茫泪雨喧，焦桐寂寞近黄昏。

魂飞万里时光去，两袖清风浩气存。

其二

焦桐苍劲杜鹃呼，济困扶贫苦乐途。

心系黎民还碧血，魂牵荒域路崎岖。

白马寺（二首） 七绝

（二〇一八年十月）

其一

释源古刹竹林青，海外徒孙入殿庭。

月白风清钟忽断，晨曦初露口吟经。

其二

白马驮经密路茫，汉关一梦到隋唐。

断碑残刹寻不见，云树豪堂换彩装。

亳州吟（二首） 七绝

（二〇一八年十月）

其一

满川烟柳细浪娇，绿荫谯城漫小桥。

悠远石龙残月夜，千年古韵和风飘。

其二

亳州锦绣多人杰，千古华曹引为骄。

盖世枭雄功与过，神医经卷对天烧。

张良 （二首） 七绝

（二〇一八年十月）

其一

博浪沙惊大殿喧，妙推高祖宴鸿门。

智胜赢得刘家庙，帷幄筹谋乐自尊。

其二

楚汉相争日月悲，博浪一击始皇衰。

决胜千里仪容悦，谁记留侯老病随。

高原感怀① 五古

（二〇一八年十月）

南北板块撞，隆起大青藏。

烈焰冲腾起，雪飘高山梁。

地球三极并，乾坤风雷狂。

雪域高寒地，群山多苍凉。

高峰云霄入，百川归大洋。

纳木圣洁影，珠峰耸天茫。

---

① 看到红旗河工程的相关信息，回首南水北调工程的百年梦想，心潮澎湃，展望未来，感慨万千。

高原横空耸，洪荒传四方。

神奇自然力，光热向太阳。

大气升腾起，云海似汪洋。

寒流奔腾急，云雾漫山岗。

疾风卷劲草，四野雪茫茫。

神州三级地，兴安连太行。

祁连昆仑莽，横断雪山长。

黄尘起蒙古，天府云贵凉。

四海云水怒，江河万里浪。

千里平原阔，万重山河光。

高原奔雪水，两湖鱼米乡。

烟雨江南秀，长城隔相望。

神州繁盛地，中华好儿郎。

上下五千载，口中称炎黄。

民族大融合，中华当自强。

心有中国梦，不忘大漠荒。

戈壁酷寒地，沙尘漫天狂。

塞外塔里木，东风马兰长。

满目骆驼草，眼望红旗扬。

青海明如镜，铁道连四方。

河水绿漠北，杨柳满庭芳。

横断开塔水，河西翻波浪。

天河清如许，边城飞寒霜。

居延海辽阔，罗布泊涛狂。

寒暑清凉度，火焰水中央。

六盘红旗猎，和田阵阵苍。

宝塔夕阳下，哈密种麻桑。

古城雁塔耸，楼兰稻花香。

天山杨柳絮，春风向敦煌。

看我边疆地，绿野云飞翔。

玉皇山①（五首）　七绝

（二〇一八年十月）

其一

玉皇顶上日西斜，俯瞰山川似晚霞。

秋水清凉林尽染，钱塘潮涌近江沙。

其二

远望巨龙江水碧，雄姿俊法起风云。

湖山空阔长天浩，暮色苍茫诵梵文。

其三

龙飞凤舞起云烟，万岭徘徊燕子旋。

道院梵音香火缭，阵开八卦可耕田。

其四

俯瞰雷峰山色暗，云飞皇顶久闻名。

西湖江水玉龙间，帆影烟波浪里行。

---

①　与中学校友、老乡寇世银、王克诰等多次到西湖景区散步、观景；也陪同来杭的董长礼、寇明军、周应军、寇明君、陈晓贤等校友游览西湖名胜。他乡遇故知，校友相见格外高兴。

146

其五

隔岸越山云绕塔，居高远眺若奇葩。

玉龙道院缸星阵，笑傲孤峰出彩霞。

弘一法师（二首） 七绝

（二〇一八年十一月）

其一

虎跑白雪水声回，定慧亭低域外魁。

真幻佛身心净去，红尘舍得伴花开。

其二

送别长亭入石扉，凡尘咫尺誓不归。

人生多少伤心事，一样悲欢每相违。

岁月杂感（五首） 七绝

（二〇一八年十一月）

其一

故乡远去几春秋，大漠依稀雪夜幽。

落日长河燕子舞，红霞曼妙照楼头。

其二

人落江湖四十秋，岂能混迹稻粱谋。

天高寂寞生豪气，一醉飘然解我忧。

其三

月照高楼近四更，南山采菊梦中萦。

兴亡家国豪情壮，树影婆娑夜鸟鸣。

其四

杭州湾畔白帆稀，水阔鲈鱼浪里肥。

南下寒潮烟雾起，江边难得打鱼归。

其五

岁月蹉跎惆落花，烟波浩渺际无涯。

秋风凄厉悲何事，一棹孤舟向晚霞。

云栖赏雪① 七津

（二〇一九年一月）

竹径通幽飘雪霁，燕飞梅坞啄山茶。

白云玉树栖高岭，苍木琼枝映晚霞。

溪水涌波侵古道，池塘沉草发春芽。

淡香寂寞洗心静，绿野寒林入佛家。

---

① 2019年1月，住五云山下云栖蝶谷，迎来大雪，雪后，与家人周晓月、荀江龙进山赏雪。

登五云山 七律

（二〇一九年一月）

游山道上白云飘，几度盘旋搭彩桥。
清帝慕名龙脉动，伟人俯瞰长天寥。
石高寺耸早茶嫩，水浅潭幽燕雀娇。
西子钱塘梅岭阔，茫苍四野卧龙骁。

九溪（三首） 七绝

（二〇一九年三月）

其一

九溪烟树白沙滩，高耸亭台午夜寒。
山寺梵音平野阔，钱塘潮涌起波澜。

其二

九溪烟树水清幽，龙井茶香满坞楼。
碧野青山明月夜，几多愁怨付东流。

其三

白云淡去夜莺啼，静坐茶亭下九溪。
明月之江潮水涌，尘心未净庙堂迷。

感伤别① 五古

（二〇一九年四月）

谁说百花绝，腊梅傲霜雪。

恩师言犹闻，学子心中悦。

看云舒云卷，叹月圆月缺。

草木枯叶落，亲朋病老别。

雨骤红尘逐，岁老云烟灭。

犹忆容貌影，感伤雨幽咽。

赠友人② 七绝

（二〇一九年四月）

万枝红桦似云霞，孤影深山探杏花。

弯月寂寥春色碧，花香飘逸到吾家。

---

① 该诗前两句是 1977 年高中刘在孝老师在改本人作业《四季杂感》时反其意而作的诗句。今闻刘老师在北京逝世，内心非常悲痛。于是，已逝恩师陈经奎、麻继彬等先生的音容笑貌浮现眼前，栩栩如生。

② 2019 年 4 月 23 日晚，见朋友圈中老同学寇明君在小陇山林区巡查病虫害，林业工作者跋山涉水，深入林区十分辛苦，深为感动，当即以诗回复。

五四百年感怀 七古

（二〇一九年五月）

民族危难狂飙烈，才俊辈出多豪杰。

南陈北李齐声唤，泽东中山志若铁。

百年沧桑惊涛浪，初心不忘洒热血。

青春韶华鸿鹄志，中国崛起好时节。

郭庄赏荷（二首）七绝

（二〇一九年六月）

其一

烟雨朦胧荷自洁，郭庄花树古人栽。

闲登楼阁西湖眺，阵阵清香海上来。

其二

庄园古朴大堤弯，亭上茶香水榭环。

放眼荷塘梅雨泣，一湖淡墨色斑斓。

复校四十感言① 七律

（二〇一九年七月）

今非昔比庆功台，岁月如歌四十哉。

民族情怀鼙角响，法权信仰中华开。

巍峨秦岭呼风雨，幽静教坛育干才。

桃李不言天下遍，英雄辈出陕公来。

观转战陕北（二首） 七绝

（二〇一九年七月）

其一

立马横刀彭大将，伟人魂魄绝昆仑。

延安空去几周旋，不教蒋胡塞上喧。

其二

存人失地上山巅，卧虎蟠龙蘑草鲜。

胡马穷追铜铁拒，延安祝捷报三边。

---

① 1979年西北政法学院复校，今迎来复校四十周年，6月29日西法大浙江校友会活动，与同学贾宇、张卫民，校友葛洪义、李平安、汪功新、杨文斌等交流。作为西法大学子，感慨万千。

长安南郊行① 五古

（二〇一九年七月）

古城南郊径，幽静秦岭横。

东眺白鹿伏，西望太白迎。

云深溪水绕，车奔长安行。

曲江波涛涌，雁塔月色明。

寺庙藏仙气，校园飞野禽。

百花芳草盛，树下学子吟。

阡陌纵横地，青槐树木森。

东风吹不尽，犹闻同窗音。

登钟鼓楼 五律

（二〇一九年七月）

秦岭远郊横，晨钟暮鼓鸣。

武文兴盛地，秦汉绝尘名。

往昔大唐影，今朝中华荣。

两楼亲与见，相视望明城。

① 2019 年 7 月 24 日从杭州到兰州度假，途经西安，25 日在校友、同事王鸿貌、卢继萍的陪同下，到西北政法大学、大雁塔、秦岭游览有感。

西安古城（二首） 五津

（二〇一九年七月）

其一

闻名古长垣，游客往来喧。

安定望长乐，元安咏宁存。

高墙连太祖，军爵守辕门。

棒镇嵩军犬，城坚二虎奔。

其二

明乱起高墙，繁华驿路丧。

废都萧瑟影，断壁烈烟疆。

列强烧皇苑，慈禧躲盗洋。

而今风雨去，城阔气飞扬。

太白山（三首） 七绝

（二〇一九年七月）

其一

冠绝秦山太白峰，雪飞六月逐神龙。

苍苍华夏龙之脉，绝壑悬崖扎劲松。

其二

风雷激荡火山融，万里江河日月朦。

近观秦川飞雪白，远望汉中郁葱葱。

其三

悬崖绝壁入流星，药草珍稀独叶青。

几只熊猫追血雉，雪花飘洒万山灵。

南泥湾（四首） 七绝

（二〇一九年七月）

其一

满目嘉禾接远方，杜鹃声里稻花香。

谷黄一路踏秋色，不老青山逐夕阳。

其二

壮丽山川绿水间，南泥湾美色斑斓。

官兵昔日屯田处，落雁风光闭月颜。

其三

边塞风情土泥墙，稻花瓜果洒清香。

学农锄地惊山雀，信步田间纳晚凉。

其四

将军生产真模范，为国屯田创业艰。

戴月披星边地去，健儿洒血满天山。

黄帝陵（四首） 七绝

（二○一九年七月）

其一

五千华夏古今传，黄帝轩辕始祖先。

古柏苍松凝雨露，桥山琼阁九州天。

其二

地老天荒祭祀台，炎黄四海子孙回。

轩辕庙宇苍松劲，沮水秋风八面来。

其三

雨洒清明入碧澄，国家祭祀在桥陵。

天倾西北东南寂，铸鼎荆山日月升。

其四

黄帝桥山植柏冠，气含云露御严寒。

骑龙洒雪飞天去，秦地关河沮水宽。

楼观台（三首） 七绝

（二○一九年七月）

其一

尹喜观星结草门，西行老子骑牛奔。

东来紫气三鹰聚，枯柏浓银杏子繁。

其二

道德精深积雪开，唐王认祖说经台。

楼观宗圣皇家地，岁月三千竹木栽。

其三

满树花黄百草芳，青牛静卧面涂霜。

人欢鸟躁蝉声急，不喜红尘盼夜凉。

南五台（三首）　七绝

（二○一九年七月）

其一

北眺秦川夜色浮，连山沟壑五台幽。

三千阶石红尘落，飞阁孤峰出雪楼。

其二

曾登云谷冷风摧，殿破山荒四十哉。

西政健儿临绝顶，秦川一览月徘徊。

其三

五台孤绝出轻尘，一望群峰水若银。

山接终南红日烈，长天暮雪岁几春。

壶口瀑布（四首）七绝

（二〇一九年七月）

其一

暴龙奔涌敢行舟，万顷波涛虎口收。

怒卷黄沙穿铁石，浊浪翻滚月如钩。

其二

两岸苍山万马喧，谷间聚泥浊浪翻。

悬壶黄水惊涛激，雾挂长虹翳日奔。

其三

天碧祥云两岸悠，山连秦晋一河休。

禹功疏凿千秋业，黄水奔腾万古流。

其四

龙入壶山虎啸哀，风云相际浪花开。

马嘶风吼奔沧海，映日长虹向月台。

陇右（三首）七绝

（二〇一九年八月）

其一

苦甲天高陇水头，黄尘深厚锁咽喉。

连绵战火兵家地，自古扬名渭水流。

其二

李氏寻根陇右兴，皇家秋月照明灯。

西堂日暮飞霜雪，丝路悲凄向灞陵。

其三

丘陵起伏雪山横，厚土黄天战鼓鸣。

自古征人过陇右，旌旗十万扫龙城。

陇南（三首）七绝

（二〇一九年八月）

其一

重峦叠嶂断云愁，陇蜀秦山锁钥喉。

满目苍林江水碧，激流奔向白龙沟。

其二

角峰峡谷悬崖绝，花卉争妍雪谷开。

东望白云嘉水去，祁山诸葛伐兵来。

其三

陇上江南稻米乡，金猴熊觅百花芳。

群雄挥剑氐羌舞，时有蕃歌雪笛扬。

游白公馆有感（三首） 七绝

（二〇一九年八月）

其一

歌动寒山入碧空，遐思情杂意兴懵。

独夫残忍监牢暗，慷慨英雄气若虹。

其二

长空悠远慕童真，牢狱相逢倍感亲。

天使无邪看世界，笑拿铅笔化烟尘。

其三

萝卜欢颜地狱寒，英雄切齿一心干。

铮铮铁骨红梅雪，赴死从容石感叹。

再登五泉（二首） 七绝

（二〇一九年九月）

其一

初登山寺八零来，北望黄河九重台。

今看满城楼耸立，又逢燕舞百花开。

其二

骠骑何时带剑还，左公柳色小溪潺。

五泉依旧花开落，满目新朋展华颜。

游湿地公园 五古

（二〇一九年九月）

黄河浪滔滔，细柳领风骚。

栈桥水边柳，芦苇地下蒿。

池塘明若镜，天际苍鹰翔。

昔日采砂泽，今朝桃树高。

挖塘鲤鱼跃，驱鸟啄白桃。

重访费家宅，难得见秋毫。

雷峰塔 七律

（二〇一九年九月）

高耸湖滨近帝宫，凌空八面绝苍穹。

白蛇赢得传奇颂，妃贵无颜夕照红。

天界素贞仙草去，镇妖法海显头功。

舍身怨愤黎民怒，塔毁重生听海风。

仙华山 五津

（二〇一九年九月）

仙姑宝掌葱，五指向天风。

峭壁悬崖立，湖光洞穴通。

峰奇奔铁马，云诡幻长空。

梅坞香飞雪，山青碧水东。

烂柯山感怀（二首） 七绝

（二〇一九年九月）

其一

樵客欲归寻秘路，烂柯棋惑梦迷茫。

桥凌云树青龙月，风雨千年鹤羽扬。

其二

石梁飞绿洞天明，苍翠空山听斧声。

自古樵夫薪客出，仙人对弈烂柯荣。

六和塔（三首） 七绝

（二〇一九年九月）

其一

钱塘江畔吴山月，黄卷青灯夜鸟眠。

天地四方歌六和，大潮惊起似云烟。

其二

白云悠处莺歌舞，山势雄浑水若天。

铁甲奔腾江月静，千年古塔日高悬。

其三

登临六和观吴越，远望萧山白雾深。

浪涌尽淘千古事，青山不老越王沉。

国庆七十感怀 七古

（二〇一九年十月）

盛典恰逢金秋节，华夏从心举樽沽。

四海震荡波涛聚，中国崛起普天呼。

美陆残雪吹寒彻，亚欧长风起宏图。

信念弥坚从头越，昆仑横空开通途。

163

重 九 五古

（二○一九年十月）

秋深菊花黄，含露吐清香。

钱塘江水静，月轮白云翔。

晚风吹不尽，寒蝉鸣凄凉。

平沙栖落雁，垂柳蒙轻霜。

岁月无限意，人生对重阳。

江郎山 七津

（二○一九年十月）

巨岩耸立石崖横，兄弟连心满目情。

万仞丹霞苍壁秀，三峰日影碧波盈。

泉流虎伏烟岚乱，佛隐龙飞羽翼生。

一线天光明月入，江山如画使人倾。

浙西红色游 七律

（二○一九年十月）

仙霞险绝鸟凌空，鼓角连营炮火隆。
挺进浙西顽敌灭，挥师东岭战旗红。
健儿浴血山河暗，民众操戈雨雪濛。
岁月悠悠盘道静，天光如水九关雄。

山居幽思（五首）七绝

（二○一九年十月）

其一

富春江碧涛如雪，白塔悠悠入秘津。
孤影钓台风瑟瑟，扬帆七里到江滨。

其二

群峰逶迤之江去，烟树千帆迷雾开。
五彩祥云龙口入，苍苍银杏满青苔。

其三

钱江潮信沙洲暗，浙岭苍苍佛寺深。
山碧白云悠自去，板桥静卧梵音沉。

其四

秋风醉看槐花落，暮鼓晨钟燕子回。
鸿雁高鸣山色碧，关山落木满亭台。

其五

秋风萧瑟孤城外，一曲悲歌敢缚龙。

把酒豪情胸意抒，蹉跎岁月感龙钟。

九溪拜二陈墓 _{七绝}

（二○一九年十月）

其一

茶园青碧山门耸，烟树牌坊三立身。

修水陈家名与节，愤忧绝食断红尘。

其二

小径通幽绿树环，文章犀利布雷颁。

讴歌抗战吟忠孝，别恨君心涕泪潸。

九溪秋韵 _{五津}

（二○一九年十二月）

潺潺绿水清，霜起落红迎。

潭碧桂花逐，山青雪雁鸣。

云烟孤独去，白发结盘生。

寂寞无多语，何须浪得名。

游虎跑 五津

（二〇一九年十二月）

松涧溪流泣，山高绿野深。

虎跑僧侣去，寺静梦泉寻。

弘一袈裟落，苍生木屐沉。

游人杯几盏，烹茗赏琴音。

闻白鲟灭绝 七绝

（二〇一九年十二月）

精灵灭绝泪纷飞，古鲔何方鲟自稀。

梦里绿波溪水逐，江河清碧蟹黄肥。

冬雪夜归 七绝

（二〇二〇年一月）

冰雪黄河夜色寒，长空万里出云端。

雁滩寂静浪花逐，游子归来着衣单。

六十感怀（三首） 七绝

（二○二○年一月）

其一

岁月蹉跎独自怜，栉风沐雨度流年。

子规啼血雄心起，无奈江湖泛客船。

其二

白驹过隙寂无声，回目山川鸟石惊。

旧岁故人桃杏落，苍凉烦恼度残生。

其三

世间冷暖水茶凉，抱定痴情路亦徨。

泪眼枯心当自立，莫将意气付苍黄。

陇上观雪 七绝

（二○二○年一月）

五泉水冷雪飞寒，白塔朦胧树影单。

万里苍山田野静，夕阳清寂照银滩。

登白塔山 _{七绝}

（二〇二〇年一月）

独登白塔纤尘去，一色江天万象新。
向晚残阳山寺雪，古城深闭月如银。

踏青（三首） _{七绝}

（二〇二〇年三月）

其一

春潮激荡起波浪，陌上樱花绿意扬。
远去寒鸦何处噪，岸边踏步路茫茫。

其二

极目钱塘江海阔，疫情肆虐雪烟浓。
欲迎春色入华夏，遍地苍生绽笑容。

其三

碧血含情染杏花，白云洒泪发新芽。
溪流清淡微波起，叱咤神州映晚霞。

西湖夜色（三首） 七绝

（二〇二〇年三月）

其一

满城灯火近湖滨，楼外孤山暮鼓频。

春暖树深鹰眼疾，白鹅戏水碧波粼。

其二

依依垂柳夜莺飞，湖水清凉宝石微。

明月孤山梅子落，断桥暮色夕阳归。

其三

夜色苍茫荷月波，雷峰夕照凤凰歌。

寒鸦远去轻舟荡，净寺晨钟暮鼓和。

太子湾观花 七古

（二〇二〇年五月）

太子樱花水月咽，重纱遮面客不绝。

倾城缤纷落英去，春草郁金香如雪。

复学感怀（二首） <small>七绝</small>

（二○二○年五月）

其一

满湖春水白鹅鸣，几片渔舟月下横。

燕子衔泥亭上舞，杏坛开放竟峥嵘。

其二

莺歌燕舞月微明，垂柳依依杏子盛。

五月鲜花芳草碧，暮鸦远去梦中惊。

民法典感怀（三首） <small>七绝</small>

（二○二○年五月）

其一

弦歌不辍谱新篇，民法宏图唱凯旋。

华夏千年中国梦，风雷激荡史无前。

其二

掌声雷动破明堂，高语欢歌进万乡。

五四宪章民法典，神州风采国旗扬。

其三

学法同侪棣华韶，恰逢治乱重刑潮。

红颜皓首春花去，澎湃民权中国骄。

游灵山 五律

（二〇二〇年六月）

富春江岸绿，野鸭对天歌。

灵洞清风去，孤舟碧水过。

潭幽迎石笋，瀑激入银河。

如梦神仙影，飘然见月娥。

端午节感怀（三首）七绝

（二〇二〇年六月）

其一

去年端午赏花潮，竞赛龙舟举桨骄。

今日疫魔环宇闹，春风寂寞碧天寥。

其二

屈原忧国问天庭，一曲离骚化宿星。

百姓祭投鱼鳖饱，茅檐插艾柳条青。

其三

中夏时光日复长，雄黄伴酒得传觞。

古人留迹黄梅落，犹记家乡荷叶香。

高考感怀① 五津

（二〇二〇年七月）

中华崛起时，侪辈诵丽辞。

弱冠驱寒暑，青娥采艾芝。

下田勤苦作，登岳静沉思。

花甲回眸影，加鞭快马驰。

甘州吟（三首） 七绝

（二〇二〇年七月）

其一

绿野桑麻弱水长，祁连冰雪照胡杨。

甘州一曲声悲壮，羌笛悠扬稻米香。

其二

西夏红尘败落中，超凡佛祖卧清宫。

弟徒罗汉争相列，名刹甘州大佛风。

其三

走廊千里雪山重，丝路平川五谷丰。

金色甘州城市阔，黑河水映绿洲容。

---

① 1979 年参加高考，距今已有四十一年，值庚子年因疫情高考推迟，有感而发。

河西行（三首） 七绝

（二〇二〇年七月）

其一

南北高峰相对看，焉支荒寂朔风寒。

河西千里云头暗，飞雪祁连日月残。

其二

大漠风尘月夜行，长城高耸玉关横。

焉支烽火祁连雪，羌笛悠扬柳叶轻。

其三

祁连高耸雪松寒，北眺阳关黑水滩。

烽火狼烟何处觅，长天万里雅丹残。

金昌（三首） 七绝

（二〇二〇年七月）

其一

东西两望走廊沉，龙岭山高积雪深。

南峪龙腾平地起，镍都城固庙堂森。

其二

南眺祁连耸入天，雪山高洁见冰川。

昂飞龙首喷珠玉，绿草苍鹰雨夜眠。

其三

丝绸古道金昌雪，波荡鸳鸯佛寺喧。

罗马骊轩无处觅，柳池漾月马儿奔。

山丹军马场（三首） 七绝

（二〇二〇年七月）

其一

焉支南望铁骑去，草料皇营野卉繁。

屯垦戍边军马壮，牛羊竞走小溪喧。

其二

五千精骑破匈奴，骠骑挥刀插石颅。

汉武梦中西域阔，君臣伟业起宏图。

其三

祁连夜色满天星，夏日清凉水草青。

牧马人欢歌几曲，啁啾山鸟侧身听。

小陇山（二首） 五律

（二〇二〇年八月）

其一

奇峰逐碧空，陇上雾舒蒙。

雪岭寒岩酷，青山暖峡葱。

175

北来溪水咽，南去石崖雄。

自古临关怯，而今大道通。

其二

秦云陇上飘，雪落月凄寥。

岭野飞霜白，关闲驿仆焦。

石门千嶂暗，弱水一廊遥。

唯有丝绸客，深谙陇右骄。

腊子口（三首）七绝

（二〇二〇年八月）

其一

苍松层叠挂寒星，危壁嵯峨腊口青。

古木摩云山谷耸，玉溪岚雾绕碑亭。

其二

鬼斧神工腊子涛，青山峡谷雪鹰翱。

悬岩壁立雄关险，浴血红军胆略豪。

其三

泉潭飞瀑小溪涟，狂暴惊雷卷电鞭。

铁尺钢梁云万里，雄关陇蜀雪山连。

黄河吟（二首）　五律

（二〇二〇年八月）

其一

星宿绕宫月，天高碧水来。

风吹湖曲雪，雨落中原梅。

羌笛随风去，孤舟拥浪回。

青藏冰雪漫，渤海响惊雷。

其二

银汉洒晶莹，涓涓九曲来。

扎陵飞白雪，大峡落红梅。

玉树清流咽，龙门浊浪开。

昆仑冰水决，河口驱涛回。

陇上青城①（二首）　七绝

（二〇二〇年八月）

其一

条城荷月稻花香，天似穹庐水若汤。

满眼秋来鹅鸭叫，山川干涸割愁肠。

---

① 暑假，陪岳母解素卿及家人周晓月、周晓眉游览榆中青城。

177

其二

狄青古镇大河湾，楼阁亭台绿翠环。

塞上千年烟叶客，水车悠处世人闲。

仁寿山　七绝

（二〇二〇年九月）

荒山凝翠古河台，腾跃青龙白雪来。

飞阁凌云乌鹊散，桃花盛会杏花开。

雁南归（二首）　七绝

（二〇二〇年九月）

其一

阴山秋暮天飞雪，河套风鸣水万重。

不识洞庭云泽阔，雁群偏向祝融冲。

其二

白露纷飞月夜来，长空雁阵雪花开。

塞寒衰草飞禽去，南岭风清雀鸟回。

金城湿地（二首） 七绝

（二〇二〇年九月）

其一

秋风萧瑟水波湍，野鸭低鸣上石滩。

鸿雁高飞人阵去，兼葭白露碧池寒。

其二

秋霜轻洒白沙凉，湖浅鹅鸣草木黄。

飞动银桥惊雀鸟，依依垂柳绿苍苍。

庆双节 七绝

（二〇二〇年十月）

中秋潜入国庆同，明月千年万古风。

华夏共和新日月，狂飙横扫国旗红。

游黄公望公园①（二首） 七绝

（二〇二〇年十月）

其一

富春清碧庙山空，云淡秋寒霜叶红。

玉树丹崖飞雪霁，天池壁立九峰葱。

其二

赤松驾鹤石桥游，天下佳山水自幽。

画圣黄公留墨迹，残阳弯月使人愁。

铜鉴湖②（三首） 七绝

（二〇二〇年十一月）

其一

云泉深处泗乡凉，一路欢歌到富阳。

秋雨潇潇荒寂地，峰峦淡墨满钱塘。

其二

铜鉴灵山月色朦，溪流谷地沐春风。

花开浮影长堤卧，湖雪回归雨水丰。

---

① 学校组织资深教师活动，与田东奎、康莉莹等教授游览黄公望公园。

② 铜鉴湖是与西湖齐名的姊妹湖，由于诸种原因，在 20 世纪 70 年代彻底消失。2019 年铜鉴湖防洪防涝工程开启，重现昔日繁华。

其三

铜鉴湖边白鹭鸣，乡村郊野旅人行。

花田一片灵山碧，柳絮飞扬向日倾。

岁末感怀（四首） 七绝

（二〇二〇年十二月）

其一

春风秋雨庙堂深，飞雪寒霜自古今。

岁月蹉跎花落去，闲来晚眺夕阳沉。

其二

风烟任尔漂天涯，无事农家学种瓜。

犹在雄心廉颇老，人生半世似灯花。

其三

山高天碧白沙洲，海阔鱼翔万壑幽。

世态炎凉开笑对，人生自古续千秋。

其四

秋风横扫长天阔，古树森森黑夜沉。

岁暮霜寒凋碧叶，笑看人是候佳音。

元旦一梦（二首） 七绝

（二〇二一年一月）

其一

庙堂事杂戏开台，幕启云烟仿见才。

潮涌人喧流水去，梦残多病独忧哀。

其二

别去寒流迎丑春，瘟神肆虐夜悲呻。

人生如梦多甘苦，冉冉朝暝扫旧尘。

登吴山 七绝

（二〇二一年一月）

凭栏远眺玉皇幽，夕照余晖近阙楼。

天外城隍风欲急，香樟竹木雀罗愁。

题南山松 七绝

（二〇二一年二月）

雪压青松直不弯，风摧霜虐识骄颜。

气正何惧邪相逼，清白光明照世间。

荣休杂感（五首）七绝

（二〇二一年三月）

其一

一休鬓白雪飞花，客舍居家学品茶。

寂寞钱塘明月出，残阳江阔起云霞。

其二

慵懒日迟无睡意，窗含云影梦迷离。

天高鹰隼翱翔去，我辈蓬蒿雀鸟痴。

其三

月落昙花一夕间，青丝转瞬染霜斑。

年华难得春常驻，世事千帆热泪潸。

其四

人生世事梦萦频，万物迷离镜染尘。

愁绪无端挥扫去，苍冥寂寞一孤身。

其五

黄叶飘零近晚秋，孤山静坐解烦忧。

人生多少功名利，一样悲欢付水流。

梅家坞（二首） 七绝

（二〇二一年四月）

其一

之江西子白云间，十里山坞绿水环。

禅寺茶香烟雨过，清幽碧野小溪潺。

其二

群山叠嶂雾笼茶，绿野仙踪入佛家。

满眼碧波天竺谷，云栖春雨发新芽。

海上花田（二首） 五津

（二〇二一年五月）

其一

花田海上开，寂寞月徘徊。

日照群芳去，潮鸣独雁来。

兼葭飘白露，天马落尘埃。

放眼钱塘阔，波涛似鼓雷。

其二

钱塘春欲去，蝶舞稻花香。

江上波涛涌，天边海鸟翔。

花田云树暖，亭榭晚风凉。

日暮游人远，愁闲进梦乡。

悼袁公① 七津

（二〇二一年五月）

一生勤苦稻花香，禾下芬芳可纳凉。

慧眼千寻探野败，匠工百转访泥桑。

神州大地收粱谷，华夏粮仓济四方。

上帝慕才邀赤子，寰球悲泣失袁郎。

大象北征②（二首） 七绝

（二〇二一年六月）

其一

几度徘徊山欲绝，象群北上近昆明。

不知今夕神州绿，一路欢歌孔雀鸣。

---

① 2021 年 5 月 22 日闻"杂交水稻之父"袁隆平院士在湖南长沙逝世，有感而作。

② 近日由云南西双版纳北上的 16 头野生亚洲象，其远征、漫步、添丁、嬉戏，无不引人注目。

其二

醉酒憨萌容可掬，欢娱夜睡亦迷离。

世人做梦争平躺，老象遥途不皱眉。

端午人家（二首） 七绝

（二〇二一年六月）

其一

黄梅斜雨绿蕉孤，吴越家家插艾蒲。

柳浪闻莺舟竞渡，荷香微动满湘湖。

其二

白雪飞花柳絮高，陇山檐下插青蒿。

牧童折艾惊麻雀，五彩香囊满树桃。

黄梅雨（二首） 七绝

（二〇二一年六月）

其一

庐山高峻杏花稀，江海沉沉白鹭飞。

梅雨徘徊吴越地，龙舟远去烈炎归。

其二

黄梅烟雨雾渐浓，坐听南屏响晚钟。

一口清香仙客去，五云山绿剪茶茸。

罗布泊① （二首） 七绝

（二〇二一年六月）

其一

绿杨幽草柳条葱，波涌沙洲寂寞空。

秦汉月明飞鸟逐，楼兰春意夕阳红。

其二

寂寥戈壁阳关柳，绿野春风到雅丹。

夜色楼兰霜冷月，满城楼阁水漫滩。

百年礼赞 七律

（二〇二一年七月）

百年追梦华章传，使命担当铸铁肩。

挥舞镰刀翻麦浪，高扬铁锤换新天。

红船一叶暴风疾，碧血几腔烈火燃。

共产宣言长空荡，中华民族勇无前。

---

① 得知新疆罗布泊开发钾盐，形成蓝色湖泊，厂区长出一片绿，为生命禁区带来绿色希望。

黄河三峡^①（六首） 七绝

（二〇二一年八月）

其一

天上沙尘滚滚来，黄河三峡鬼门开。

祁连高耸飞霜雪，百里山崖鼓若雷。

其二

浊浪翻卷水川回，两岸奇峰引凤来。

柳絮飞扬鱼鳖乐，乌金峡谷杏花开。

其三

丹霞悬壁浪飞舟，雪逐观音月色幽。

如雨流星飘万壑，鸽鱼跳入炭窑沟。

其四

满目苍颜冷雨飕，高山环绕夜行舟。

悬崖耸峙惊雷疾，万马奔腾到宁州。

其五

峡谷幽深筏客来，鸽鱼逆水故乡回。

平湖遥梦春秋去，南北沙滩李杏栽。

其六

陇原风雨起苍黄，沟壑纵横稻谷香。

梦断黑龙飞雪落，波寒三峡石林霜。

---

① 黄河黑山峡工程从 20 世纪 50 年代提出，因诸多原因争论不下，近闻即将启动，有感。

悼父老①（二首） 五津

（二○二一年九月）

其一

客是远方亲，衣冠见落尘。

故人魂影入，游子梦萦频。

古朴山村貌，华丽白衣身。

仙踪多已逝，泪眼悼亲邻。

其二

山村动梵音，沟绿白云深。

生与黄泥屋，终归草木林。

招魂多路火，送葬少山禽。

驾鹤乘风去，霞光铺满金。

---

① 2021年9月17日，与同学芮守胜赴景泰崇华村悼念寇明军同学的老父亲，见到多年不曾谋面的老同学寇宗军、尚文选、寇宗乾、张盛明、寇明英、马斌、朱振军、杨克芳、寇明菊、何正翠等从北京、昆明等不同地方赶来吊唁，深感同学友谊地久天长，父辈辛劳终有报偿。

人生偶感（二首） 七绝

（二〇二一年十月）

其一

浪迹江湖一客翁，寂寥独去听山风。

坐观邪正看云淡，落叶飘零万里空。

其二

天寒岁暮笑颜看，红叶飘零色若丹。

雪落兰山魔兽伏，廉颇老矣尚能餐。

岚山雪① （二首） 七绝

（二〇二一年十一月）

其一

三台孤阁接天高，山寺钟鸣插木桃。

陇地水寒呼报急，雪飘万户泪滔滔。

其二

天风高阁百花摧，犹闻原嘶蜡象来。

山下白衣寻猎迹，飞飘初雪落孤台。

---

① 10月国庆节后，兰州暴发疫情，市民众志成城，积极应对，抗疫形势良好。11月6日金城落下第一场雪。

登高台（三首） 七绝

（二〇二二年三月）

其一

独登孤阁少行人，日影凄凄满目尘。
春色东来闻折柳，愁云万里疫情频。

其二

陇上原荒雪月催，高台孤寺落尘埃。
华亭水榭燕飞疾，夜雨凄凄柳絮开。

其三

金城关外九州台，寂寞山光晓色开。
东去愁云烟柳逐，春风好雨日边来。

金城梨花（二首） 七绝

（二〇二二年三月）

其一

风随白塔夕阳斜，俯瞰飞燕逐雪花。
水绿桥横春雨缓，梨香飘洒落人家。

其二

黄河百里雪徘徊，波涌清香彩蝶来。
古渡移舟春雨逐，梨花云白两山开。

清明感伤吟 五津

（二〇二二年四月）

江阔野山东，云深吹疾风。
寺高门紧闭，路短客行匆。
户内闻人泣，池边听雨终。
墓荒人不见，三载野花红。

西藏掠影（三首）七绝

（二〇二二年五月）

其一

白云万里雪山遥，跃上昆仑入九霄。
江水奔流横断绝，神随公主雪花飘。

其二

望断飞鸿临绝顶，珠峰一跃傲千重。
凤凰向日金鳞逐，尘客神游响寺钟。

其三

峰回路转谷深幽，林密山高雪水流。
悬瀑轰鸣仙子泣，白云红豆满沙洲。

拜佛人 五津

（二〇二二年五月）

风疾起黄尘，幡招伏地人。

虔诚香客影，慈佑佛陀身。

今世迎童坐，来生向佛亲。

鸟鸣飘叶落，摇碎万波粼。

后 记

　　白驹过隙，往事如烟。人生最美好的岁月瞬息即逝，但它始终是你人生中最多彩、最美丽的一页。如果说一个人的经历是他理解任何事物都离不开的基础的话，我们每个人都有属于自己的荣光与精彩，骄傲与芬芳。但正如我诗中写到"人生岁月两茫茫，纵有春风得意时，雾中花，难见天光。"一生中，伴随我们的大多是痛苦与悲伤，落魄与惆怅，无奈与挣扎。整理诗集，实际上是一件非常痛苦的事情，总是将已经痊愈的伤口再次撕裂，展现在世人面前，展现在亲朋好友面前，辗转徘徊在选与不选，揭与不揭，出与不出之间，令人非常难受。回顾往事，虽然一路上磕磕绊绊，但每个人不论身处顺境还是逆境，坦坦荡荡做人，踏踏实实做事却是做人、做事的基本准则。我们会为兢兢业业，付出了辛勤劳动，获得了丰硕成果而欣喜；也会为凝聚了心血、汗水与辛劳，却留下了痛苦、遗憾而纠结。但面对生活，你只能放下执着，放下包袱，轻装上阵，书写属于自己的历史。

　　在本人看来，面对生活，面对社会，存在诸多不如意，但生活总是美好的，我们每个人都拥有美好的期望与梦想。即是用诗歌这种形式，记述生活事件，抒发思想感情，也是一种美好的生活享受。以上600多首诗词便是本人奉献给我所热爱的祖国、人民及亲朋好友的珍贵礼物。

　　　　　　　　　　　　　　　　　　　　　　　苟军年

　　　　　　　　　　　　　　　　　　二〇二二年五月于兰州